メディアワークス文庫

君は医者になれない

膠原病内科医・漆原光莉と血嫌い医学生

午鳥志季

目　次

第一章　医学生・戸島光一郎の憂鬱

医学部と聞いて、どんな学生生活を思い浮かべるだろうか。

人を救う志に満ちた若者たち？　未来を約束されたエリート？

あるいは、勉強が忙しすぎて遊ぶ暇もない？　灰色の学生生活？　青春を捨てて歩む茨の道？

それとも、合コンで大人気？　他大学から異性が口説きに寄ってくる？　モテてモテて仕方がない？

医学部入学前、まだ何も知らない無垢(むく)でアホな高校生だった頃の俺も、やはり医学部に対して憧れを抱いていたことは否めない。人を救う立派な医者になってやる、なんてガラにもないことを考えたこともある。

だが現実は違った。長い長い受験勉強の末、晴れて天下の波場都(はばと)大学医学部に入学した俺は、伝統ある医学部校舎の片隅で、

「ウッ！　オエッ！　ヴェッ！　オボロロロロッ‼　ロロロロロロ‼」

トイレで盛大にゲロを吐いていた。吐き散らかしていた。

うわあこんなに胃液って出るんだ、今日も俺の胃の壁細胞くんは頑張って胃酸を産生してるんだなあ、なんて組織学の授業で学んだにわか仕込みの知識を思い出して一瞬だけ悦に入るも、再び込み上げた嘔気に慌てて便器を抱え込む。

（くそ、俺としたことが、こんなザマとは）

悪態をついてみても暴れる胃が収まるわけではない。思い描いていたバラ色の医学部生活と黄土色の現実との落差を噛み締めつつ、俺はなんとか嘔気と悪戦苦闘を繰り広げる。

「授業に……戻らないと」

今の俺は「解剖学」の実習の真っ最中だった。ご献体——実際の人間の遺体を少しずつ分解して細部を観察することで、人体の構造を学ぶ授業だ。医学部を象徴する講義の一つだが、一方で俺がこんな風にトイレで悶絶しているのもこの解剖学が原因である。

「医者になるんだ、これくらい乗り越えずに……オェッ」

医者になりたいと思って、もう十年以上が経つ。

我ながらよく努力したと思う。白球を追う青春や不純極まる異性交遊に精を出す同級生を尻目に一心不乱な受験勉強に励み、日本最難関と名高い波場都大学医学部への入学を果たした。学費を稼ぐために家庭教師や塾講師のバイトに勤しみ、それでいて大学の授業も滅多にサボらない。

だが、実際にこうして医者になるための勉強を始めてみると、医者に対する根本的適性がないのではないかと弱気にならざるを得ない。

俺は、血が苦手なのだ。

・

高校の授業でカエルの解剖をした時は途中で失神した。ノートの端で指を切って滲んだ血を見るだけで気分が悪くなるし、流血シーンのあるホラー映画なんてもってのほかである。

血が苦手な医学生というのは時々話に聞く。しかし俺のそれは苦手という範疇を超えて血液恐怖症とでも言うべきものだった。あの粘ついた赤黒い液体を見るだけで全身が総毛立ち、悪寒が脊髄を走り抜ける。

――いやいや、さすがに医者はやめとけって。向いてないよ。

何度そう言われたか分からない。

しかし後には引けない。血を見たくないと駄々をこねる体にムチを打ち、なんとか医師免許を手に入れねば。

医者になることは俺の夢だ。こんなところで立ち止まってはいられない。

すっかり空っぽになってしまった腹をさすりながら、俺はトイレをよろよろと後にした。

なせばなる、と昔の偉い人は言った。天真爛漫（てんしんらんまん）にその言葉を信じてがむしゃらに進んできた。

でも最近、ちょっと自信がなくなってきている。

着替えを済ませ、解剖室へと足を踏み入れる。むせ返るようなホルマリンの臭い。冷蔵庫の中にいるような冷たさ。

解剖室の中にはいくつか平たい台が置かれており、その上にご遺体が安置されている。各台の周囲には四、五人ずつ医学生が立ち、筋肉や血管の走行を確認しながら皮膚を切開したり結合組織をかき分けたりしている。

「あ、やっと戻ってきた」

呆れたように言ったのは同級生の女だった。

式崎京。マスクと帽子で顔を覆っていても美人が分かるというのはどういう理屈だろうと首をひねるが、京が「さっさと手伝って。うちの班、遅れてる」と冷え冷えとした声を突き刺してきたので慌ててメスを手に取った。子供の頃からの古馴染みだが、年々この女は俺への当たりが強くなっている気がする。

「遠藤と高橋は？」

「サボり」

「あの野郎ども、また合コンと部活に精を出していると見える」

高校までと違っていちいち出席を取るわけではないので、自然と講義に出なくなる者も多くなる。だがその分だけ他の班員に負荷がかかるのは勘弁して欲しかった。放っておいたらご献体がイイ感じに分解されてくれるわけではない。特に皮膚を剝がしたり筋肉を切離したりするのには人手と腕力が必要なので、メンバーが少ないのは実習の進捗に大きく影響する。

一学年合計が百人少々、それぞれ四人前後の班を組んで解剖の実習にあたることになる。周囲を見回すと、解剖室にはいくつもご献体が載った台が並べられ、その周囲を医学生たちが囲んでいる。他の班は早々に上腕骨を露出させて上肢の筋肉の同定に移っており、モタモタと結合組織を剝がしているのは我々だけだった。

俺は慌てて作業に取り掛かった。ピンセットとメスを使い、筋肉の走行と役割を意識しながら解剖を行っていく。

黄色い皮下脂肪が飛び散ってメスの表面に脂の染みを作る。ホルマリンの臭いが鼻をつく。肉片の中に飛び出た上腕動脈の断端から、こびりついていた血餅がぽとんとこぼれ落ちる。

解剖台の上に落ちた血餅がこんにゃくのようにぷるぷると揺れる。ぷるぷる。ぷるぷる。ぷるぷるぷる。

「……なあ、京」

「何？」

「もっかい、トイレ行ってきていいすか」

京は肩をすくめ、黙って頷いた。俺は再び込み上げてきた嘔気をこらえつつ、こそこそと解剖室をあとにした。

「あんた医者になるのは諦めたら？」

「開口一番になんてことを言い出すんだお前は」

実習を終え、大学近くのカレー屋に俺たちは来ていた。片言の日本語と狭く薄暗い店内はいかにも学生御用達(ごようたし)という風だが、一方で店主の浅黒い腕が生み出すナンの風味は本物である。

テーブルを挟んだ反対側で、京は「あっつ」と言いながらナンをちょっとずつ千切ってカレーに突っ込んでいる。

「採血だけで失神するような医者に、患者も診られたくないでしょ。せっかく勉強できるんだから、他の仕事も考えたら」

「嫌だ。この腕をいつか白衣に通すんだと誓っている」

「その前に、解剖学の単位が取れないでしょ。このままだと」

京の指摘にぐっと言葉に詰まる。実習時間の大半をトイレで悶絶していて使い物にならなかった身としては、反論の余地もない。

俺は言い訳のように言った。

「勉強はきちんとしている。実習量の不足は座学でカバーするさ」

「いやそーいう問題じゃないし」

京は口をへの字にして、あむっとナンを頬張った。

「あんたはろくに実習出られてないから知らないかもしれないけど、実習への出席回数が足りないとそもそも試験を受けられないシステムだから」

「え？」

俺が頓狂な声を出した瞬間、タイミングを見計らったかのようにスマホが着信音を立てた。画面を見ると、大学の教務課からの着信である。

「あ、もしもし。学生の戸島ですが」

『波場都大学医学部教務課です。本日、教授会と学生の進級判定会議がありましてですねえ』

ねっとりした口調のおじさんである。俺はなんとなく嫌な予感を覚えつつ話の続きを聞く。

『戸島さんは、あー、あまり解剖の実習に参加していないようで。規定の出席回数に到達できないことがもう確定しちゃってるんですねえ』

「いや、実はそれには事情が」

『そうすると、解剖学のテストを受験できないと。そうすると、解剖学の単位は取得できないと。こういう話になってくるわけですねえ』

「……つまり？」

『留年になりそうです』

今日の昼飯はハンバーガーにしますと伝えるくらいの気軽さで教務課のおじさんは言った。俺は大慌てで追いすがる。

「ちょっと待ってください、俺の話も」

『来年は頑張ってくださいねえ』

そこで通話は一方的に終了した。ツーツーツー、と電子音が物悲しく鼓膜を震わせる。

俺は呆然(ぼうぜん)として目の前に座る京を見た。京はズコココとストローでラッシーを飲み干したあと、「御愁傷様」とおもむろに俺に両手を合わせた。

留年を通告された数日後。俺は学部長室の椅子に座り、医学部学部長に深々と頭を下げていた。学部長室の中は論文やら医学書やらで雑然としていて、山積みになった本の向こう側に医学部長の人の良さそうな顔が覗(のぞ)き見えている。

「君が戸島くんか」

学部長が口を開く。俺は緊張で唾を飲んだ。ぐっと膝に力を込め、

「どうか進級のチャンスをいただきたく」

「んー。規則だからねえ」

「そこをなんとか」

試験受験のチャンスを得るためなら土下座も辞さない覚悟で俺は学部長の顔を見上げる。学部長は困ったように眉をひそめ、膝を組んで頬杖をついた。

留年にリーチがかかった学生は教授との面談を行うシステムになっている。俺の場合はたまたま学部長がその相手だったようで、なんとか留年回避の直訴を行うべく俺はゴマを擦って擦って擦りまくる覚悟でここへ来ている。靴を舐めろと言われれば喜んで舌を出すつもりだ。

「君は血が怖いんだってね」

学部長は顎を撫でながら言った。

「噂になってるよ」

「噂？」

「解剖や臨床実習で毎回倒れている医学生がいるとなれば、教授会で話題にもなる」

俺はバツの悪い思いで唇を噛んだ。

「血が怖い、ねえ……」

学部長はため息をつき、俺の顔を覗き込んだ。

「君に意地悪がしたいわけじゃない。ただ、普通に考えて、血を見ただけで倒れるくらいに苦手っていうのは医者として致命的な問題だ」

学部長の言い分は正論だ。だが俺も引けない。留年したらその分医者になるのが遅くなってしまう。まだ病棟実習も始まっていないこの時期に留年しているようでは、医者になるまで何十年あっても時間が足りない。俺は少しでも早く医者になりたいのだ。

「今回は……たまたま体調が悪かったんです。俺が血を苦手なのはその通りですが、いつか克服してみせます」

「できなかったらどうする？　今の君は若いが、卒業する頃には二十代半ばだ。その時期になってやっぱり医者にはなれなさそうだから、と別の道を探すのは容易ではないよ」

学部長の発言は澱(よど)みない。整理された言葉が、将棋の王手をかけるように少しずつ俺を追い詰めていく。

「医者になるのは大変な労力と金が要る。医者であり続けるためにはさらにその数倍の努力が必要だ。重大なハンディキャップを背負って、それでも君は医者になりたいのかい」

医学部長はじっと俺の目を覗き込んだ。ぎゅっと拳を握り、俺は唇を舐める。

「それでも――医者になりたいです」

脳裏をよぎる光景が、一つ。

夕暮れの病室で、痩せ細った女が荒い呼吸を繰り返している。耳障りなアラームが部屋中に響く。足元に血が流れてきて、俺の靴にこびりついた泥と混じり合う。

あの日以来ずっと、医者を目指してきた。俺に医者の適性が乏しいことなど、百も承知だ。分かった上で、それでも俺は医学部に来た。

「お願いします。先生」

俺は深々と頭を下げる。学部長はぼそりとつぶやいた。

「……それなりに覚悟はしてるみたいだね」

沈黙の時間が続く。ややあって、学部長は淡々とした口調で言った。

「特別扱いはできない。試験の受験は、やはり認められない」

暗澹たる気持ちになった。学部長は少し間を置いて、苦笑いする。

「だが……補講による救済措置、という形なら認めてもいい」

俺は目を丸くした。やにわに降って湧いた蜘蛛の糸に、思わず前のめりになって話の続きに聞き入る。

「うちの科の外来が最近特に忙しくてね、スタッフが悲鳴をあげている。猫の手でもいいから貸してくれと泣きつかれているんだ」

学部長が眼鏡の奥の目を細めた。

「君を紹介しよう」

俺はごくりと唾を飲んだ。

「外来の統括は漆原光莉という女性だ。彼女に医師としての適性を認められたら、進級を許可しよう」

やるかね、と学部長は俺の顔を見る。俺は何度も頷いた。

「やります！　やらせてください！　その漆原ナントカ先生の手伝いをすればいいんですね」

「漆原光莉ね。この時間だと、そろそろ外来が始まるんじゃないかな」

「分かりました！　早速行ってきます！」

俺は勇んで立ち上がった。足早に学部長室を去ろうとした俺の耳に、学部長の微妙に気まずそうな声が聞こえた。

「まあその、なんだ。漆原先生なんだけど、少し……いや、かなり癖の強い人だから」

振り返る。学部長はぽりぽりと頭をかいた。

「無理だと思ったら、音を上げて構わないよ」

「ご心配なく。単位のためなら茶坊主のごとき阿諛追従もいとわない覚悟です」

「そ、そう……」

若干引き気味の顔で俺を見送る学部長。部屋を出たあと、俺は大股で大学病院へと向かった。

波場都大学医学部附属病院は迷宮である。

削減され続ける予算の中でどうにか自転車操業で増改築を繰り返した建物は、どこに何があるのか誰も全貌を把握していない魔窟と化している。

（漆原先生……内科か）

スマホで病院のホームページを確認しながら、俺は病院の廊下を歩く。

例外はあれど、医者というのは内科系と外科系に分けられる。外科は手術で、内科は薬で病気を治す、とざっくり考えれば分かりやすい。

俺は血が苦手で、手術で血を見るのも厳しいと思う。だが薬を暗記したり、珍しい病気に特徴的な所見を覚えたりするのは得意だ。外科よりは内科向き、と言えるだろう。そういう事情で内科志望の俺にとって、こうして内科の医者について勉強できるというのは願ってもない話だった。

内科と一口に言っても、その中でさらに専門科目は細かく多岐に分かれる。例えば心臓や血管の専門家である「循環器内科」、胃や肝臓などを主に診る「消化器内科」などなど、と言った風だ。

漆原先生の専門として書かれた単語を見て、俺は首をひねった。

（アレルギー・膠原病内科？）

俺は頭の中の記憶を掘り返す。

細菌やウイルスなどの外敵に対して、人体は自分の体を守るための仕組み、すなわち免疫を保持している。だがこの免疫が暴走し、自分自身の体を攻撃してしまうことがしばしばある。これが自己免疫疾患であり、膠原病内科が診療する疾患群である。

アレルギー・膠原病内科とは要するに、関節リウマチや皮膚筋炎などの自己免疫疾患をメインで診療する科だ。先に挙げた内科の花形――循環器内科や消化器内科などに比べ、マイナーな科である。

（苦手なんだよなあ……アレルギーとか免疫とかB細胞とか、よく分からんし）

以前、大学の先輩と交わした会話が脳裏に蘇る。

「実習先でアレルギー・膠原病内科を回ることもあるんだけどさ。ホント辛いよ、自己免疫疾患なんて訳分からんし。しかも、あそこの科の医者ってなんか根暗でオタクっぽいっていうか、ネチネチしてる人が多いんだよな……。ま、実習先としてはハズレだね」

彼はそう言って、げんなりして肩を落とした。

とはいえ、今日からしばらくはアレルギー・膠原病内科の医師と顔を合わせることになるのだ。熟練のキャバ嬢のごとく、

「えー⁉ 関節リウマチって自己免疫が関わってるんですか？ 免疫って面白いんですねー！ せんせーすごーい♡」

なんて黄色い声でおべっかを使い、仲良くなってみせよう。

鼻息も荒く歩を進め、外来診療棟の内科外来ブースへと向かう。待合室は患者で溢れ返り、横並びになった診察室の中からは医者たちの声が漏れ聞こえてくる。

さて漆原先生の診察室は、と廊下に貼られた割り振り表を眺めていると、突如周囲に罵声が響き渡った。

「信じられない！ あんた、私のこと馬鹿にしてるの⁉」

扉を蹴破らんばかりの勢いで、診察室から中年の女性が飛び出してくる。凄まじい

剣幕で、周囲の患者が一斉に距離を取った。

「院長とも知り合いなのよ、こっちは！　この話はキッチリ伝えておきますからね」

「どーぞご自由に」

診察室の中で追い払うように手を振っているのは、ブカブカの白衣を着た一人の女だった。俺よりは一回り上、三十前後くらいの歳（とし）だろう。緩くウェーブを描いた漆黒の髪は目元まで垂れ、その奥には青白い肌が覗いていた。前髪に隠れ気味の目は眠たげに細められているが、一方で射るような鋭い眼光が宿っている。耳元で血のように赤いピアスが揺れていた。

「それだけ騒ぐ元気があるなら大丈夫、もう病院に来なくていい」

女性医師はぽりぽりと頭をかきながら、

「それとも、認知機能低下による性格変容でも疑ってるの？　確かに怒りっぽ過ぎるね。だったら頭部ＭＲＩとＳＰＥＣＴ（スペクト）を手配するよ」

俺は目を剝（む）いた。この口ぶりだと医者なのだろうが、どう考えても患者に言う内容とは思えない暴言である。

中年女性は顔を熟れたトマトのように赤黒くしたあと、プルプルと震えながら言った。

「あんた、名前は？」

医者と思しき女は、「あー」と間延びした声をあげた。

俺は嫌な予感がしていた。脳裏をよぎるのは先ほどの学部長の言である。

——少し……いや、かなり癖の強い人だから。無理だと思ったら、音を上げて構わないよ。

赤ピアスの医者はポケットに手を突っ込み、

「アレルギー・膠原病内科、漆原光莉」

気怠そうにため息をついた。

「話は終わり？　だったら早く帰って、今日は外来混んでる」

外来中に響き渡る大音量で、女性が金切声で何事か喚き立てる。最終的には警備員が出張る大事になったようだが、俺の頭はそれどころではなかった。

（この人が……漆原先生？）

我関せずとばかりにそっぽを向き、椅子に座って頬杖をつく漆原先生。あろうことか、そのまま船を漕ぎ出した。

その姿を見ながら、俺は自分が想像していたよりも遥かな難題を課せられていることを理解した。

「学部長（じーさん）から連絡は受けてる」

診察室の回転椅子に腰掛けて、漆原先生はこちらへと向き直った。俺は直立不動、漆原先生は椅子に座っているという状況なのに、なぜだか俺は高い場所から見下ろされているような気がした。

「血が苦手な医学生か。なんで医学部を受けたんだ、という話ではあるけど」

先ほどの患者とのやりとりで十二分に分かったことだが、この漆原光莉という人は物言いに遠慮がない。言い返すこともできず、俺は黙って話の続きを聞く。

「君、名前は」

「戸島です。戸島光一郎（こういちろう）、と言います」

「ふーん。一瞬で忘れそうな名前してるね」

とじま、の三文字くらい覚えてくれよと思うが、口には出さない。

「ま、いーや。じゃ三島、一つ質問をしよう」

本当に一瞬で忘れやがった。

「君、医者に一番必要なものはなんだと思う」

突然の質問だった。意表をつかれて目を丸くしたものの、すぐに平静を取り戻す。

俺はしばらく考え込むフリをした。

（案外、ありきたりなことを聞くな）

実はこの質問は、医学部受験の面接試験においては定番だ。塾講師バイトも掛け持ちでこなしている俺にとって、この手の問いに答えることは容易である。俺は滔々と答えた。

「一生にわたって勉強し続ける勤勉さや、当直をこなす体力が必要です。ただ、一番大切なのは、患者を思いやる心遣いではないでしょうか」

俺がそう言った瞬間、漆原先生は盛大に吹き出した。ゲラゲラ笑いながら、

「それ本気で言ってる？」

目の端に涙まで浮かべている。俺はなんでここまで笑われているのか分からなかった。

「君、勉強が足りないね」

涙を拭いながら漆原先生が言う。俺は憮然とした。この手の質問に正解はないにせよ、俺の答えはどの角度から見ても及第点ではあるはずだ。

漆原先生は目を細める。

「ま、面倒を見てあげるのは別に構わない。ちょうど活きの良いパシリが欲しかった

ところだし」

もはやパシリ扱いされても驚きはしない。目の前に座る女が一般的な医者としては

──いや、人間としてもかなりの異端であることを、俺は理解していた。

「いいでしょう。使ってあげる。ただ、一つ言っておこう」

漆原先生は立ち上がった。ぬっと顔を近づけて俺の顔を見上げ、漆原先生は言った。

「もし真っ当な人生を送る気があるんなら、今すぐ医学部やめなよ。血が苦手とか、そういう問題じゃない。君、医者に向いてないよ」

俺は目を見開いた。思わず反駁しそうになるのを、なんとかすんでのところで押し留める。漆原先生は冷ややかな声で言った。

「じゃ、とりあえず木島」

「戸島です」

「この下にタリーズあるでしょ。そこでコーヒー、ブラックで買ってきて」

「……それって、何か医学部の勉強に関係あるんですか」

「ないよ？　でも君、私の部下として過ごすんでしょ。だったらコーヒーくらい買ってきてもらわないとねえ」

話は終わりだとばかりに、漆原先生は電子カルテに向き直る。言いたいことは山ほ

どあったが、ぐっと飲み込み、俺は一礼して診察室を後にした。

そうして、俺と漆原先生は出会った。

第二章 膠原病内科医・漆原光莉の診断

学部長の鶴の一声で漆原先生を紹介されて、一週間が経とうとしていた。

薄々分かってはいたことだが、漆原先生は人使いが荒い。容赦ないと言っていい。しかもその内容は医学には全然関わらないものばかりで、診察室の机を片付けておけとか、どこそこの料理店の弁当を買ってこいとか、病院の裏手にいる野良猫に餌をやってこいとか、そういうものばかりだった。

昼夜を問わぬパシリ生活を経て、いくつか分かったことがある。

まず、漆原先生は院内でも（悪い意味で）有名人のようだった。すれ違った医者がしばしば「あれが膠原病内科の漆原か……」と囁き交わしているのが聞こえた。あの性格なので患者とトラブルを起こすこともよくあるようだが、警備員のおじさんたちも「ああはいはい、また漆原ンとこか」みたいな顔をしてやってくる。

その割に外来患者が絶えないのは、まったく不思議としか言いようがなかった。とあるおばあさんは「漆原先生に診てもらわなかったら、あたしゃ死んでたんですよ」という趣旨の話を待合室で小一時間俺に話し続けた。

また、凄まじい偏食家である。病院の奥にある漆原先生のデスクにしばしば食料品を届けることがあったが、彼女の机は常にカップラーメンやカップ焼きそばの空きトレイ、およびブラックコーヒーの空き缶が山積みになっている。一方で果物や野菜を忌み嫌っており、俺がわざわざ購入してきた高級中華料理店の惣菜も、ブロッコリーや白菜の部分だけより分けて食べ残していた。子供か。

生活力もなさそうだ。着ている服は常にダボダボのスクラブ——医療従事者用の作業着だ。同じデザインのものをたくさん持っているらしい。漆原光莉の服装は上下とも燕脂色のスクラブに赤いピアス、常にこの一択である。俺が「他の服は着ないんですか」と尋ねると、

「だって服考えるの面倒臭いじゃん」

との返事だった。彼女が私生活においてどのような服装をしているのか、俺は気になって仕方がなかった。

馬車馬のようにこき使われ、せめて医学の勉強の足しになればまだ救われるのだが、漆原先生は筋金入りの面倒くさがり屋で、実習に来ている学生の世話を焼くなんて真

似(ね)はほとんどしてくれない。外来で丸一日棒立ちのまま、漆原先生と一言も会話せずに終了する日もあった。案山子(かかし)にでもなった気分だった。

ごくごく稀(まれ)に話しかけられたかと思えば、

「呼吸機能の低下した関節リウマチ患者の治療選択は？」

「ANCA(アンカ)関連血管炎の患者のうち、ANCA陰性の割合は？」

なんて、どう考えても医学生に答えられるレベルではない質問を繰り出してくる。

俺がまごまごしていると、漆原先生はいつもお決まりの言葉を口にした。

「君、勉強が足りないね」

この台詞(せりふ)を吐く時の漆原先生がまた、人を小馬鹿にし切った、果てしなくイラッとする顔をしているのである。

朝から晩まで漆原先生について回る日が続いた。漆原光莉という女性のことを知るにつれ、

「なんで学部長は、俺に漆原先生を紹介したんだろう？」

そう思わざるを得なかった。

波場都大学はキャンパスの近くに学生用の寮が設置されており、ざっと百人程度の

学生が一緒に暮らしている。二鷹（にたか）寮という名で、俺も今年からここに居住している。

一階には入寮者が使用できるリビングがある。建前としては自習や食事に利用する場所ということになっているが、実態としては学生たちの宴会場と化すことが多い。

テーブルを挟んだ向かい側には一人の男が座っている。卵の黄身を塗りたくったような金髪に赤いメッシュを入れていて、一昔前のチンピラのような開襟シャツの胸元にはチェーンのネックレスが揺れている。いかにもアホ大学生という風貌の男であり、その正体は紛（まが）うことなきアホ大学生である。

「マジ？　漆原先生って、アレルギー・膠原（アレコー）病内科の漆原光莉だろ？　災難じゃん」

遠藤信義（のぶよし）はポテチをぼりぼり食べながら目を丸くした。

「有名だぜ。膠原病内科の漆原先生って言えば、相手が師長だろうと教授だろうと噛み付くもんだから、すっかり厄介者扱いされてるって」

「想像に難くないな」

あの人が目上だからといって遠慮するとは思えない。むしろ嬉々（きき）として喧嘩（けんか）を売りに行く様子が目に浮かぶ。

ちなみに、アレコーやら膠原病内科やらというのはアレルギー・膠原病内科の別名である。他の病院ではリウマチ科や免疫内科と呼称することもあり、名前のレパートリーが多いのはアレルギー・膠原病内科の特徴だ。

遠藤はポテチの袋をガサガサやっている。

「どこかの科の師長と大喧嘩して、そこの病棟は出禁になってるらしいぜ。あと、有名な政治家が腹痛(ハライタ)で入院した時、『こんなの入院適応じゃない、家で寝てろ』って言って叩(たた)き出(だ)したって話もある」

俺の隣には式崎京が座っており、解剖の教科書に蛍光ペンで線を引いている。京は首を傾(かし)げた。

「なんでそんな人がうちの病院で働いてるの？　クビになるか、田舎の病院に左遷されそうなものだけど」

京は胸鎖乳突筋のイラストから目を上げないまま言った。遠藤は肩をすくめる。

「大方、大人の事情があるんだろ。人によっちゃ、病院長の隠し子なんじゃないかって噂してる」

「いや、さすがにそれはないだろう。顔が違い過ぎる」

「あとは学長の愛人説もあるな」

「漆原先生はそういうことするタイプじゃないと思うが」

「そう言ってるやつもいる、ってだけさ」

遠藤は袋に残ったポテチのカスをザーッと口に流し込んだ。

「院内に敵も多いみたいだぜ。ま、勉強だけできても医者としての適性はないってパターンだな」

「お前はもっと勉強しろよ」

俺は呆れて首を振った。この遠藤という男、合コンにばかり精を出していて授業で顔を見かけたことがない。だが遠藤は悪びれもせず、

「俺は限りある学生生活を満喫するって決めてるからな」

と胸を張った。

「そもそもさ、アレルギー・膠原病内科ってのがイケてないよな。外科や救急科みたいな派手さはないし、消化器内科や循環器内科みたいに患者が多いわけじゃない。麻酔科や眼科みたいに専門性が高いわけでもない。俺だったら絶対に選ばないね」

俺は曖昧に頷いた。確かに先輩たちの話を聞いていても、アレルギー・膠原病内科は進路として人気に乏しい。

(でも、それなら……)

なんで、漆原先生はアレルギー・膠原病内科を選んだんだろう。

頭の片隅をよぎった疑問が、不思議と引っかかって忘れられなかった。

アレルギー・膠原病内科の外来は朝十時から開く。漆原先生は色々と細かいこだわりがあり、

「電子カルテを立ち上げておいて」

「聴診器と椅子、机をアルコールで消毒しておいて」

「ブラックの缶コーヒーを三つ、冷蔵庫に入れておいて」

などなどといった注文をつけてくる。コーヒーくらい自分で買ったらどうなんですかと言いたくもなるが、か弱い学生の身分ではなかなか文句を言うことも叶わない。単位のためと思って涙を呑む。

早朝の風は涼しく、いつの間にか夏が終わったことを感じさせた。俺は眠い目を擦りながら病院の敷地を歩いていた。入学した当初は都心にもかかわらず緑豊かなキャンパスに心躍らせたが、慣れた今となっては鼻をつく銀杏の臭いやモソモソ木壁を這う毛虫にげんなりするばかりである。

病院に近づくにつれ、出入り口の様子が普段と違うことに気づく。数多くの車が停車し、上等そうなスーツを着た人々がひしめいていて、ただならぬ様相だった。俺の近くに立つ二人は、

「診察が終わったら連絡する。帰りの車も用意を頼む」

「分かりました」

物々しい口調で話し込んでいる。俺は男たちの中でも一際背が高く風格のある男に目を向け、

(……あれ)

首を傾げた。テレビやSNSで何度か顔を見たことがある。若くして起業し大成功を収めた、今や日本有数の実業家の一人である、高本堂悟(たかもとどうご)だ。高本グループといえば、日本のホテル、リゾート業界を牛耳る大企業集団だ。

あまり大声では言えないが、波場都大学医学部附属病院ではしばしばこういったVIPを見かけることがある。彼らとて人間だから風邪も引くし腹も壊すが、あまりに顔が売れてしまうとなかなか近くの病院へ気軽に行くわけにもいかないのだろう。有名人も大変である。その点、うちの病院は昔から政治家や有名人がよく来る都合上、警備員も多いしカルテのセキュリティも厳重と聞く。

さてその高本氏だが、ゆっくりと車椅子を押している。座っているのは品の良さそうな老婆で、身なりは整っているものの顔色が随分と悪い。ぐったりと車椅子の背もたれに寄りかかっている。

（顔が似てるな……高本さんのお母さんか）

高本さんは何やら不機嫌そうな顔をして、周りの部下と思しき人々に話しかけている。耳をそば立ててみると、「段取りが悪い」だの「さっさと手続きを済ませろ」だのと小言を口にしているのが分かった。

俺はこそこそとその場を離れようとする。あの高本堂悟が何をしにこの病院へ来たのか知らないが、わざわざ俺が首を突っ込む必要もないだろう。第一、そろそろ外来ブースへ向かわないと、待ちかねた漆原先生に何を言われるか分かったものではない。

俺は歩を進めた。その最中、白衣を着た医者と思しき男たち数名とすれ違う。医者たちがぼそりと交わし合った言葉が耳に入った。

「うちの病院も面倒を押し付けられたもんだな」

「失敗したら首が飛ぶぜ」

「漆原先生も、そろそろ年貢の納め時ってことだろ……」

俺はごくりと唾を飲んだ。車椅子を押して病院に入っていく高本さんを遠目に見ながら、俺は波乱を予感した。

アレルギー・膠原病内科の外来は手狭な部屋の中に机とパソコン、聴診器やペンライトなどの診察器具が置かれたごくごく一般的なものだ。他と違うところといえば、漆原先生が飲み干した缶コーヒーの空き缶が時々机の隅に東京スカイツリーのごとく積み重なっていることくらいのものだろう。

診察室の扉を開くと、漆原先生は日向ぼっこをする猫のように診察ベッドで丸まって寝ていた。俺が入ってきたのを見てむくりと体を起こしたかと思うと、

「遅いよ、戸島」

「え……いつも通りの時間に来ましたけど」

「冷蔵庫の缶コーヒーが切れてる。買ってきて、今すぐ」

そんなもの自分で買って飲んでください、と言いそうになるが、俺はぐっと言葉を抑えて売店へと引き返した。

缶コーヒーを五本ほど購入して漆原先生の診察室へ戻る。漆原先生はとさりと椅子に座り、グビグビとコーヒーを飲んだ。耳元で赤ピアスが揺れる。オシャレにとんと無頓着な人だが、このピアスだけは毎日しているようだ。

「今日は直来（＝予約なしで、直接来院すること）の患者が来てる。追い返せと言ったんだけど、学部長はなんとか診てくれの一点張りだ」

「入り口が騒がしかったですね」

「ＶＩＰらしいね。さっきチラッと顔だけ見たけど、いかにも口うるさそうだ。あーあ、面倒くさ……」

漆原先生はダルそうに目を細めたあと、空になった缶コーヒーを机に置いた。俺は興味本位で尋ねる。

「あの高本堂悟ですよね。一緒にいたのはお母さんだと思いますが、どういう病気なんでしょう」

「まあ、大体察しはつくけどね」

漆原先生は鼻を鳴らした。俺は思わず言い返す。

「察しはつく……って、まだ会ってもないじゃないですか」

漆原先生は目を細めた。

「君、患者の顔は見かけたんでしょ。何か気づかなかったの」

突然の質問だった。先ほど少し見ただけなので、あまり印象に残っていることもないのだが、頑張って記憶を掘り起こす。

「えっと、車椅子に座ってました。七十歳か、八十歳くらいのおばあさんでした」

「他には」

「なんだか具合が悪そうでしたね」

「ッハァ――…………」

深々とため息をつく漆原先生。どうやったらこんなに人を小馬鹿にし切ることができるんだろうと感心すらしたくなる腹の立つ顔で、漆原先生は首を振った。

「君、勉強が足りないね」

俺はむっとして尋ねる。

「じゃあ、他に何があるって言うんですか。漆原先生だって、まだ会ってもないんでしょ」

俺がそう言うと、漆原先生はしばし顎に手を当てて黙り込んだ。ほれみろあんただって大して変わらないじゃないか――と心中で俺が意地の悪い快哉(かいさい)を上げたところで、

「まず、診断は関節リウマチだ。指にスワンネック・ボタンホール変形があり、関節(かんせつ)腫脹(しゅちょう)も残存している。眼球結膜に充血があり、おそらく強膜炎を合併していて、足にも潰瘍がある。罹患年数(りかんねんすう)は数年か、もっと長いスパンだね。ガリガリに痩せているしあの手の曲がり具合じゃ食事も摂(と)りづらいだろうけど、一方で顔面には典型的な満月様顔貌(ムーン・フェイス)がある。長いステロイド治療歴があるはずだ。その割に関節炎は収まっておらず、本人の症状も良くならない。同伴する家族は明らかに不機嫌だったな。よそで散々治療をしたがうまくいかず、業を煮やしてこの病院へ来た、ってところかな」

一息に言う漆原先生。俺は目を丸くして口をぽかんと開けた。

「……話したことないんですよね？」

「これくらい、見れば分かる」

いやいやいや、と俺は思わず耳を疑う。どういう観察力してるんだ。

待合室が騒がしい。見ると、先ほどの男――高本堂悟が車椅子を押してやってくるところだった。その眉間には深いシワが刻まれており、苛立ちがにじんでいる。

「来たみたいだね」

漆原先生が長い髪をかき上げる。早朝、初秋の冷えた空気が満ちる中に、漆原光莉の声が響く。

「外来を始めようか」


「院長が出てくるって話じゃなかったのかよ」

診察室の椅子に腰掛けるなり、開口一番に高本堂悟はそう吐き捨てた。その横で車椅子の老婆――やはり高本さんの実母のようだ――はぐったりとしている。なんでも、ここ最近は食事も摂れなければ認知症も進み、熱も出てきているらしい。

「院長に診させるつもりで、こっちは仕事休んで連れてきたんだ。話が違う」

高本さんは喧嘩腰を隠そうともしない。しかし相対する漆原先生は特に気にした風もなく患者に聴診器を当てている。こういう時ばかりは、漆原先生の空気の読めない図々しさが羨ましくなった。俺は極力目立たないよう、漆原先生の陰に隠れるようにして診察を見守った。だが高本さんのぎょろりとした目がこちらへ向く。

「学生か?」

「あ……はい。よろしくお願いします」

俺は小さく頭を下げた。高本さんは鼻を鳴らす。

「わざわざ医者なんかになるとはな」

高本さんは苛立ったように靴の踵でフロアの床を叩いた。

「俺は医者が嫌いなんだ。どいつもこいつも口先ばかりで、まともな治療もできない。そのくせ、日本では薬の処方は医者しかできないんだからな。まさしく独占市場だ」

俺の名札──「波場都大学医学部　学生　戸島光一郎」という文字に目を凝らしながら、高本さんが言う。

「俺の会社で職業体験をやったらどうだ。波場都大に入る頭があるなら歓迎するぞ」

「ぼ、僕は、医者になるつもりですから」

しどろもどろに返事をする。高本さんは肩をすくめた。

「日本の悪いところだな。賢い若者が、なんの生産性もない医療に食い潰される」

医者嫌い、という人間は一定数存在する。気持ちは分からなくもない。白衣を着て診察し薬を処方する、という姿は人によっては強権的に映るだろうし、医者の言うことに従って治療しているのに病気が全然良くならない、となれば不信感を持つのも自然な話だ。

電子カルテを覗き込み、高本さんの母親の病歴を確認する。二十年以上前に発症した関節リウマチで、漆原先生の診断は正しかった。彼女の観察眼に舌を巻くとともに、記載を読み進める。

関節リウマチという病気は患者数が多く、数百人に一人という単位で罹患する。ざっくり言って、高校の同級生のうち一人は関節リウマチになる計算だ。関節の炎症と破壊、それによる変形をきたす疾患で、強い疼痛(とうつう)を伴う。

高本さんの母親が不憫(ふびん)だったのは、かかりつけだった医者が痛み止めばかりできちんとしたリウマチ薬を処方しなかったばかりに、数年かけて関節の変形が進んでしまった点だ。膝の上に添えられた両手は、ペンチで潰したような無惨な形に変形している。

「ステロイドで骨粗鬆症(こつそしょうしょう)になることも、感染症にかかりやすくなることも、ろくに説明がなかった。危ない薬を適当に出しやがって」

高本さんが吐き捨てる。横に座る高本さんの母が、皺に埋もれた口をモゴモゴと動かす。

「……堂ちゃん」

「なんだよ。少し待ってろって」

「早く帰りたいわあ……。お父さんのご飯用意しないと」

「肺癌で三年前に死んだだろ」

高本さんはうんざりしたように頭を振った。

「認知症がどんどん進んでるんだ。この間までしっかりしてたんだけどな、リウマチと一緒に頭まで悪くなった」

高本さんは漆原先生に水を向けた。

「いつまでやってんだよ。早くしてくれ」

「んー……。なるほど……ここ数日間で脱力が出現……前医ですでに造影CT、頭部MRIまで撮って、所見なしか……好酸球が少し高めと……」

棘のある声を出されても気にした風もなく、漆原先生は何やら考え込んでいる。かと思ったら、突然漆原先生がむくりと顔を上げた。

「今日は何月何日でしたっけ」

漆原先生の質問に対して、高本さんの母親はわずかにうなり声だけを返した。どうやら質問の意図すら伝わっていなさそうだ。

診察室中に響き渡るような音量で、高本さんが盛大な舌打ちをする。

「なんだそりゃ？　あんた大丈夫か？」

「君には聞いてない。私は患者に質問してる」

「ああ？」

不穏な空気が立ち込める診察室。俺は冷や汗を流しながら、廊下に立つ警備員さんにチラチラと視線を送る。

高本さんが言った。

「話にならんな。いいから早く検査を進めろ。ここでダラダラ話しても時間の無駄だ」

「検査はもう必要ない」

漆原先生がなんでもないことのように言う。眉をひそめる俺たちの前で、

「診断はついた。治るよ」

高本さんが目を見開き、俺まで思わず間の抜けた声を上げそうになった。

（診断はついたって……。ついさっき、初めて患者と会ったばっかりだろ）

俺はちらりと患者本人、つまり高本さんの母親を見やった。相変わらずの苦悶様（くもんよう）表情で、車椅子の上で時々もぞもぞと身をよじっている。

狐（きつね）につままれたような空気の中、高本さんが低い声を出す。

「……言っておくが、管をたくさん入れたり、手術したり、そういう本人の負担になるようなことはやめ――」

「いやいや、何もしないよ」

俺は耳を疑った。何言ってるんだこの人。

「入院して、のんびり昼寝でもしてればいい。明日にはそれで良くなる」

俺はあんぐりと口を開けた。いくらなんでも無茶苦茶だと思った。昼寝で病気が治るなら苦労はない。

ガタンと大きな音がする。俺は思わず体を縮こまらせた。高本さんが椅子を蹴倒して立ち上がっていた。怒声が響く。

「冗談も大概にしてもらおうか」

「なんで私がわざわざ冗談言って君にサービスしなきゃいけないんだ？」

漆原先生は出来の悪い学生を諭すように繰り返した。

「診断はついた。治る病気だ。治す気があるなら、さっさと入院の手続きをしてきて」

(なんでこう火に油を注ぐようなことばかり言うかな)

洒落(しゃれ)にならない空気が充満する中、俺は一刻も早くこの場を逃げ出したかった。高本さんが引きつった笑みを浮かべる。

「……随分自信があるらしいな。他の医者たちは、どいつもこいつも診断できずに投げ出したが」

「それはその人たちがアホなだけ」

漆原先生は「話は終わりだ」とばかりに立ち上がり、診察室の扉に手をかける。高本さんが口を開いた。

「アレルギー・膠原病内科の漆原、か。覚えた」

「忘れていいよ。別に治療方針には関係ないし」

「そうもいかないな」

高本さんが口の端を持ち上げる。底意地の悪い笑顔で、俺は実に嫌な予感がした。

「さすが天下の波場都大学病院だ。良い医者がいる」

母親の座る車椅子に手をかけ、高本さんが言った。

「いいだろう。入院の手続きをしてくる」

「早く行って。今日は外来混んでる」

とことんそっけない態度で応対する漆原先生。高本さんの額に青筋が浮かんでいたが、彼は不気味な半笑いを張り付けたまま診察室を後にした。

今になって思う。あの時、高本さんが浮かべていた笑みの意味を、もう少しよく考えておけば良かったと。

「もうちょっとこう、思いやりというか、優しく接してあげてもいいんじゃないですか」

午前の外来がひと段落ついた頃、診察室のベッドに腰掛けながら俺は言った。漆原先生はカップラーメンをズルズルと啜っている。

「患者さんだって、病気で辛い思いしてるわけだし。もっと寄り添ってあげても……」

漆原先生はモゴモゴ麺を咀嚼しながら、

「その、思いやりとか優しさっていうのは、何か病気を治すことにつながるっていうエビデンスはあるの」

など言い出した。

「は、はい？　エビデンス？」

俺はおうむ返しに聞き返した。エビデンス。つまり、科学的根拠はあるのか、という意味だ。漆原先生は「そう」と頷く。

「別に優しく接したら癌が小さくなるとか寿命が延びるとか、そういうエビデンスないでしょ」

俺は目をぱちくりさせた。

「上っ面の思いやりで病気が治るなら苦労しないよ」

俺は渋面を作った。漆原先生の話はいつも極論で、「それはそうかもしれないが、そういうことを言いたいんじゃない」と言い返したくなるものばかりだ。

しばし、沈黙。漆原先生がおもむろに口を開く。

「昔、うちの近くに内科のクリニックがあってさ」

唐突にそんなことを言い始めた。

「大学病院を辞めて開業したっていう、三十過ぎくらいの医者だった。評判良かったよ。話をよく聞いてくれるし、欲しい薬をたくさん出してくれるって、近所の年寄りたちは喜んでた」

漆原先生のカップラーメンから立ち上った湯気が、漆原先生の表情を霧に隠すように包んでいた。俺は口を開いた。

「良いクリニックじゃないですか」

「そうでもない。ついこの間、潰れたよ。院長が逮捕されてね」

え、と俺は裏返った声を出した。

「効きもしない高額なサプリメントを売ったり、エビデンスのない癌免疫療法で大金を巻き上げてたらしい。新聞で知ったよ」

漆原先生はぽつりと、どこか寂しそうに言った。

「医者にとって、優しさなんてのは勉強不足の言い訳か、さもなければ詐欺の道具でしかない」

ラーメンの汁を飲み干し、漆原先生が冷蔵庫からコーヒーを取り出す。

漆原先生はコーヒーを飲みながら、電子カルテを眺め出した。俺は何も言えず、黙って外来の始まりを待った。

漆原先生の外来はいつも行列ができている。ようやく全ての患者の診察が終わった頃、すでに夕陽(ゆうひ)は地平線の向こう側へと沈みかけていた。

病院を出た時、俺は駐車場に人が集まっていることに気づいた。若者が多い。スマホを掲げて病院の写真を撮ったり、飲み物を片手に何やら話し込んだりしている。何事だろうかと思って遠巻きに眺めていると、

「ねえねえ、君」

突然、見知らぬ女性に話しかけられた。明るいピンク色に髪を染めていて、舌の上にピアスがついている。爪には真っ赤なマニキュアが塗られていた。あまり普段交流がないタイプの人で、俺はおっかなびっくり答えた。

「な……なんですか」

「ここの病院の関係者だったりする？」

「えっと、学生です」

「お、ラッキー！」

女性は目を輝かせてにじり寄る。

「病院の中に入りたくてさ、案内してよ」

俺は慌てて手を振った。

「ダメですよ。部外者の立ち入りは禁止です」

「うーわ、ケチくさ」

女性は疎ましそうに顔をしかめたあと、「ま、いっか」とつぶやいた。

彼女は左手にスマホを掲げた。病院をぐるりと見回したあと、スマホのカメラが俺へと向く。俺は尋ねた。

「あの、それ」

「ん？　ああ、気にしないで」

思いっきりカメラを向けられているのに気にするなというのも無理な話だが、女性は軽く手を振っていなした。「それより」と女性が続ける。

「漆原光莉って医者、この病院にまだいるかな」

俺は目を丸くした。思わず問い返す。

「漆原先生に何か用ですか」

「会ってみたいんだよね。噂の漆原センセイに」

「噂？」

俺は眉をひそめた。女性は意味深長な笑いを浮かべて俺の顔を覗き込む。

周囲の視線が俺に集中していることに気づく。数十という瞳が俺を捉えている。無言の圧力が肌にまとわりつく。心臓がやにわに早鐘を打つ。俺は動揺を顔に出さないようにしながら、

「……分かりません。僕は学生で、あまり関わりないので」

「なーんだ」

女は肩をすくめ、俺に向き直る。

「あのさ。君、今時間ある？　インタビューさせてくんない？」

「い、インタビュー？」

「そ。波場都大学とか、病院の話とか。やっぱナマの声聞きたいんだよね」

女は俺にスマホを向けた。俺は慌てて顔を背ける。

「あ、こっち向いてよ。大丈夫、動画上げる時は顔にモザイクかけるし」

女はそう言うが、そもそも俺は動画サイトデビューをする気は毛頭ない。「ちょっと忙しいので」と言い捨て、俺は逃げるように足早にその場を離れた。

（今の女の人。そう言えば、顔を見たことあるな）

いわゆる配信者――動画サイトに動画をアップして収益を上げている人だったはずだ。あまり動画サイトを見ない俺でも見かけたことがあるくらいには、有名な配信者である。過激な発言が時々物議を醸す人で、炎上しているのをしばしば見かける。

なぜあの女が漆原先生の名前を口にしたのか、考えているうちに嫌な予感がぐんぐん膨らんでくる。

（……漆原先生を動画のネタにする気か？）

俺はスマホを取り出した。ツイッターを開く。トレンド欄に「波場都大学医学部附属病院」「高本堂悟」という単語が見える。見てみると、とある男のツイートが表示された。

『なんで日本の病院って手続きが多い上に待ち時間が長いんだろう』

『母親、入院させられた』

『今回の担当医、なんと入院するだけで治ると豪語！　スピリチュアル系か？』

『検査ももう必要ないとのこと。じゃあ何すんだよ』

『医者が金儲（かねもう）けのために入院させたいだけだろうな、これ』

『これで治らなかったら、詐欺で訴えていいんじゃないか』

高本さんのツイッターアカウントである。元々辣腕の企業経営者ということもあってか高本さんのフォロワーは多く、それぞれのツイートは数万という単位でリツイート、いいねを獲得していた。

どこの誰が見つけてきたのか、ご丁寧に漆原先生の写真や経歴まで晒（さら）されている。

『ヤバい医者ですね！　大丈夫ですか？』

『金儲けのためなら何言ってもいいと思ってんのかな』

『なんで天下の波場都大学にそんな変な奴がいるんだ？』

『大学病院って、他の病院で働けない無能を飼っておく役割があるから』

『診察室に出てこないでくれ頼む』

途中で読むのを諦めた。大炎上である。

俺は踵を返した。患者はあまり使わない裏手の門を通ったが、その近くにも何人か見知らぬ人がたむろしていた。中にはカメラを手に持っていたり、手帳を持って何やら書き込んでいる人もいて、通りがかると一斉に視線が集まるのを感じた。彼らの素性はなんとなく察しはつく。先ほどの女性と同じ動画の配信者や、あるいは週刊誌の記者なのかもしれない。波場都大学医学部附属病院の漆原が炎上しているのを見て、いち早くネタにしようと集まってきたのだろう。

がらんとした病院の中を走る。俺は息を切って診察室の扉を開けた。

「漆原先生！」

「なんだよ。うるさいな」

これだけの大事になっているというのに、当の漆原先生は白衣を脱いで呑気にカップ焼きそばの湯切りなんてしていた。ほわほわと白い湯気が立ち上っている。

「焼きそば食べてる場合じゃないですよ。この病院、ツイッターで大炎上してます」

「ふーん。職員の残業代未払いでもバレたの」

「違いますよ。高本さんのことです」

高本さんのツイッターでの発言を契機にネット炎上していること、すでに病院周りに人が集まってきていることを伝えた。しかし漆原先生は慌てる様子もなく、カップ焼きそばの麺をソースまみれにしている。

一通り話を聞き終わったあと、漆原先生は不思議そうに首をかしげた。

「それ、何か問題あんの」

「いやだって、これで治らなかったらどうするんですか。高本さんは漆原先生をクビにさせてやるって息巻いてますし、下手したら訴えられますよ」

「治せばいーんでしょ、治せば。問題ない」

ずるずる麺を啜り出す漆原先生。なんでこの人こんなに落ち着いてられるんだ。

「そうだ。そんなことより」

ピッと割り箸で俺の顔を指す漆原先生。

「患者はもう入院したはずだよね。ちょっと確認しておいて欲しいんだけどさ」

「はあ……」

焼きそばをモソモソ咀嚼しながら、口元に青のりをつけて漆原先生は言った。

「今日が何月何日か、あの患者に聞いておいて」

先ほどの外来で、漆原先生が「今日は何月何日ですか」と患者に執拗(しつよう)に尋ねていたことを思い出す。もっと気にするべきことがあるだろう、と俺は呆れてモノも言えなくなった。

「じゃ、よろしく」

話は終わりだとばかり、漆原先生はカップ焼きそばとの戦いを再開した。俺は釈然としない想(おも)いを抱えつつ、形ばかりの会釈をしてその場をあとにした。

帰り際、患者の病室に寄って様子を見ていく。高本さんの母親は病院用のパジャマに着替えてベッドの上に寝ていた。

「学生の戸島です。よろしくお願いします」

そう挨拶しても、返事はなかった。具合の悪そうな顔をして、時々うなっている。

「今日は何月何日ですか」

もちろん答えはない。果たしてこの質問になんの意味があるんだと首をひねりながら、俺は病室を出た。

翌朝、漆原先生とともに病棟を訪れると、看護師さんや他の医者たちが一斉にざわついた。高本さんとの一件はすっかり噂になっているらしい。

漆原先生の顔色を窺う。見ると、昨日よりも青い顔をしていて具合が悪そうだ。さすがの漆原先生もプレッシャーを感じているのかと思いきや、

「……眠い……朝キツい……誰だよ朝八時から回診組んだやつ……こちとら目覚まし十個かけても起きられないんだぞ……」

全然別件の様子だった。あげくの果てには、

「ちょっと戸島、コーヒー追加で買ってきて……マジで眠い……」

なんて偉そうな指示を出してくる。俺はこっそり耳打ちした。

「大丈夫なんですか」

「は……？　何が……？」

「高本さんの件です。これで『やっぱりダメでした』なんて言ったら、洒落にならないですよ」

「そんなしょーもないことより、一刻も早くカフェインを摂取する方が大事……」

どう考えてもコーヒーを飲むことの方が些事だが、もはや漆原先生はノソノソと歩き出している。俺はやむを得ず彼女のあとに続いた。

院内のコーヒーショップでコーヒーを購入する。湯気の立ち上るコーヒーを受け取

っていると、スーツ姿の男が近づいてきた。高本さんだった。

「どうも、漆原先生」

高本さんは薄く笑った。漆原先生はちょっとだけ頭を下げたあと、コーヒーをフーフーと冷ます作業に戻った。

「母の見舞いに来た。どれだけ元気になっているか、楽しみだ」

「それはよかった。ちょうど私も回診に行くところだから。あーねむ……」

高本さんの嫌味を聞いても漆原先生は気にした風もない。ズズとコーヒーを啜っている。

エレベーターに乗りながら高本さんは言った。

「ところで、漆原先生。医者の世界には転職を斡旋（あっせん）するサイトがあるらしいが、知ってるかな」

「聞いたことはあるね」

「登録しておいた方がいい。すぐ世話になるだろう」

高本さんはそう言い捨てた。一方の漆原先生、「ここの売店でしか買えないカップラーメンがあるから嫌だ」などとのたまっている。なんなんだこの人は。

病棟の廊下を歩く。アレルギー・膠原病内科は一フロアを丸々専属病棟として持っており、高本さんの母親は一番奥の特別個室——要するに一番高くて良い部屋だ——に入院しているはずだった。

「高本さーん。入りますよ」

気の抜けた声を出す漆原先生。病室の扉が押し開かれる。俺はおずおずと中を覗き込んだ。

病室の中には日の光がさんさんと差し込んでいる。高本さんの母親はベッドの上に腰掛けていた。

（……あれ）

俺は違和感を覚えた。患者の顔色が、昨日に比べて明らかに良くなっている。それどころか、顔つきまでどこかシャキッとしたような——。

「あらまあ。堂ちゃん。来てくれたの」

嬉しそうな声を出す患者。やはり声は明らかに張りが出ていて、昨日までとは別人のようだった。横を見ると、高本さんが目を見開いて口を金魚のようにパクパクさせていた。

漆原先生が話しかける。

「おはよ、高本さん。具合はどう」

「それがねえ、すごくいいの。こんなに体調いいのは久しぶりよ」

「それは良かった。ところで」

ちらりと高本さんを見たあと、漆原先生が尋ねた。

「今日は何月何日か、分かる？」

なんでそんなことを聞くんだ、と不思議そうな顔をして、患者は答えた。

「十月十四日の金曜日でしょ。当たり前じゃない」

「副腎不全だね」

ナースステーションへと戻ってきて椅子に腰掛けた漆原先生は、そう言って足を組んだ。聞き慣れない単語に俺は首を傾げる。

「副腎不全……？」

俺が訝しげに繰り返すと、漆原先生はダルそうにため息をついたあと、面倒くさげに話し始めた。

「副腎っていうのはホルモンを分泌する器官でしょ。そこが働かなくなることを副腎不全と呼ぶんだよ。症状は発熱、疲労、脱力などに加え、意識障害をきたすことも多い」

意識障害。その単語を聞いて、俺の頭に引っかかることがあった。疑問を先読みしたかのように、漆原先生が言葉を繋ぐ。

「あの患者、もともとは認知症の指摘もなく身の回りのことは自分でできていたそうじゃないか。これまでなんの症状もなかった人が、急に日付が分からなくなるほどの意識障害を呈する。これは明らかに異常で、ただの認知症なんかじゃない」

そうか、と俺は内心で舌を巻く。

——今日が何月何日か、あの患者に聞いておいて。

漆原先生があれほど日付にこだわった理由が、ようやく分かった。

診断が副腎不全であれば、高本さんの母親がこれほど体調が上向いた理由も理解できる。副腎不全は足りなくなったステロイドホルモンを内服や点滴で補ってあげれば、劇的に改善することも多いからだ。

だがそれでも疑問は残る。俺は尋ねた。

「副腎不全なんて、そう簡単になるものじゃないですよね。なんであの人に限って副腎不全だって分かったんですか」

漆原先生はちらりと廊下の端に目を向けた。不機嫌そうな顔でスマホをいじりながら、高本さんが立っている。

「あの実業家の息子が典型的な、医者の言うことを信用しないタイプの人間だからだよ」

「はあ……？」

訳が分からない。高本さんの医療不信は確かに側から見ていても明らかだったが、それが患者の副腎不全とどう繋がるというのか。医者を信じないからバチが当たって副腎不全になったんだ、とでも言うつもりか。いくらなんでも非論理的だ。

「悪性関節リウマチの治療は」

「え？」

「悪性関節リウマチの治療だよ。君の学年だとまだ講義では習ってないかもしれないけど、熱心な学生ならもう勉強してるよ」

慌てて考え込む。以前教科書で読んだ内容をなんとか思い出し、俺はおずおずと答えた。

「えっと、確か……血管炎症状に対しては、ステロイドやシクロホスファミドによる治療を行う、ですか」

「学生向けのペラペラな医学書を丸読みしたような回答だけど、まあ一応正解ということにしておこうか」

なんで正しいことを言えたのにこんなに腹立たしい態度を取られなくてはいけないんだろうと俺は憮然とした。

「一般的な関節リウマチの治療――ＭＴＸ（メトトレキサート）やＳＡＳＰ（サラゾスルファピリジン）に対して、血管炎症状を伴う悪性関節リウマチではステロイドを使う。そしてこのステロイド、突然の断薬によって副腎不全を引き起こすことが知られている」

しばし俺は考え込む。そののち、ようやく漆原先生の考えていることに思い至り、思わず手を打ちそうになった。

「高本さん、ひょっとして」

「ステロイドの副作用を恐れるあまり、自己判断でこっそりステロイドを飲ませることをやめさせていたんだろうね。おおかた、ネットや雑誌で中途半端な知識だけ仕入れたタイプだ」

俺の脳裏を、かつて彼が言い捨てた台詞が過ぎる。

――ステロイドで骨粗鬆症になることも、感染症にかかりやすくなることも、ろくに説明がなかった。危ない薬を適当に出しやがって。

「時々いるんだよ。ステロイドの副作用を恐れるあまり、治療を途中で投げ出してしまう連中が。うまく使いこなせば、これほど有用な薬もないんだけどね」

さて、と漆原先生は腰を上げる。ナースステーションを出て、漆原先生は高本さんへと歩み寄った。

「お母さんは具合が良くなったみたいだね」

「……ふん」

高本さんは忌々しげに口をへの字にした。漆原先生は構わず続ける。

「もう退院でいいよ。手続きしておいて」

漆原先生はひらひらと手を振ったあと、「あ」と声を上げた。

「高本さん。一つ言っておきたいことが」

「なんだよ」

「今後は、指示を守って薬はちゃんと飲ませるように」

高本さんは目を見開いた。顔を赤くし、大きな舌打ちをしたあと、高本さんは大股で歩き去っていった。

「さて」

漆原先生は眠そうに目元を擦った。

「私も、いったん出るかな」

「どこか行くんですか」

「決まってるでしょ」

漆原先生は吸い込まれそうなくらいの大欠伸をした。

「コーヒー買いに行くんだよ。これ以上カフェインを摂らなかったら、私は起きてられないからね」

その日の午後。高本さんの母親は、息子とともに退院していった。

病棟を去る時、嬉しそうな顔をして頭を下げる患者と、バツの悪そうな顔をした高本さんの対比が印象深かった。

「お大事にどーぞ」

「フン」

澄ました顔で見送る漆原先生。高本さんは忌々しそうに鼻を鳴らし、車椅子を押してエレベーターホールへと歩いて行った。

俺は横目でちらりと漆原先生を見上げた。漆原先生は眠そうに目をしょぼしょぼさせている。

学部長は俺に言った。漆原先生に、医者としての適性を認めさせてみろと。その理由がほんの少し分かった気がする。

（……この人、実はすごいのかもしれない）

そんなことを、こっそりと考えた。

俺は波場都大学附属の寮暮らしであることは以前話した通りで、総数百名程度の学生たちが同じ屋根の下に寝起きしている。部屋自体は完全に分けられておりプライバシーは保たれつつも、リビングではたまに飲み会やらゲーム大会が開かれて賑わっている。

日曜日の午前中、俺は寮のリビングに来ていた。広々としたリビングは机やソファ、テレビが置かれている。机の端にはポテチの空袋とビール缶が積まれており、昨夜飲み会をやった連中が後片付けもせずに部屋に引っ込んだと推定された。どうせ遠藤たちだろうから、後で注意することにする。

俺は京と一緒に勉強していた。解剖学の復習である。人体の血管や神経の走行が描かれたイラスト集はちょっとした鈍器くらいの重さがあり、開くのも一苦労だ。

「私にレクチャーすれば、あんたの記憶も定着するでしょ。一緒に復習してあげるから、私に試験のポイント教えて」

教えてもらうくせに微妙に図々しい態度の京だったが、この女は昔からこうで今更どうこう言う気も起きない。外面が良いタイプなので他の人の前ではもっと遠慮した物言いをするが、古い顔馴染みである俺に対してはいつもこんな感じだった。

「そう言えばさ」

京が教科書から目を上げずに言った。

「高本堂悟の親が、最近までうちの大学病院に入院してたらしいよ」

「へえ」

俺は適当な相槌を打った。

「膠原病内科に入院してたんだって。知ってた?」

「まあ、な」

「なんだ。知ってたんだ」

「漆原先生が主治医だったからな、横で見学してた」

「え、主治医漆原先生だったの? ヤバ」

京はスマホを取り出し、

「あ、ほらほら。高本堂悟がうちの大学の写真上げてる」

俺は京のスマホを覗き込んだ。アップロードされた写真は学内の片隅にある喫茶店で、学生たちがよく使う店である。木製のレトロな椅子に座って、二人の人間がコーヒーを飲んでいる。顔は映っていないものの、片方はパシッとしたスーツを着た男で、もう一人は薄い青のカーディガンを羽織った手に皺の目立つ老人だ。高本さんと母親だろう。

写真には高本さんのつぶやきが添えられていた。

『うちの母親、退院した』

『たまには医者も正しいことを言うらしい』

『母親が前から飲みたがっていたコーヒー。そんなに美味しいかね、ここ』

いくつかのツイートのあと、最後に、

『ま、元気になって良かった』

という投稿が添えられていた。俺はふっと破顔した。

「え？　なんで笑ってんの？」

京が胡散臭そうな顔をする。俺は「別に」とお茶を濁した。ニコニコと笑う老婆と、仏頂面でコーヒーを啜る実業家の息子の様子が、目に浮かぶようだった。

高本さんの一件を通して、一つ分かったことがある。漆原先生は確かに偏屈で生活能力がない自堕落の極みみたいな人だが、医者としての能力は本物だ。あの人のワガママに振り回されるのはシャクだが、横にいれば何か学べるものはあるかもしれない。

早朝の病院を早足で歩く。秋の冷えた空気が肺に流れ込み、ぴりりと体が引き締まる思いがした。

今日も頑張って勉学に励むぞと張り切って、俺は診察室の扉を開く。

「おはようございます！」

威勢の良い挨拶を投げる。そんな俺を出迎えたのは、空になった缶コーヒーと缶ビールとカップラーメンの器の山に囲まれて、診察台の上で大の字になって眠りこける不審者（漆原先生）だった。

さしづめ、昨夜はここで一人で呑んでいたところ、思いのほか酒が回って気持ちよくなって寝てしまった……という経緯だろう。針でつついた風船のように急速にやる気がしぼんでいくのを自覚しながら、俺はぐうすか眠りこける漆原先生に声を掛ける。

「先生。起きてください」

「……スピー……」

「漆原先生！」

その後、声をかけても肩をゆすっても頬を叩いても頑として起きない漆原先生をカップラーメンとコーヒーの香りで覚醒させるという原始人みたいな手法でなんとか叩き起こし椅子の上に座らせた時、俺はすでに疲労困憊していた。

（……この先やっていける自信がなくなってきたぞ……）

前途に想いを馳せ、俺は暗澹たる気分を禁じ得なかった。

＊＊＊

深夜の病棟に、革靴の音が響く。

消灯を済ませた病棟は暗闇に満ちている。ナースステーションには夜勤の看護師が数名集まっていた。彼女たちは漆原光莉の姿を目にして、「お疲れ様です」と頭を下げた。そのうち一人、もう知り合って数年になる看護師が言った。

「今日も来たんですね」

「うん」

漆原は小さく首肯した。彼女がいるのは波場都大学医学部附属病院の中でも特に奥まった場所――かつてはＶＩＰ御用達の特別個室として利用され、そして今はなんらかの事情で一般病床での入院が難しいと判断された患者が集まってくる病棟だった。

廊下を歩く。わずかに消毒液の臭いが鼻をつく。昔は嫌いだったこの香りに、いつの間にか慣れてしまっていた。

とある個室の前で立ち止まる。病室の名札は今時珍しい手書きのものだ。数年前から交換されていないようで、苗字の部分はかすれて読めなくなっている。

『誠士　様』

漆原は病室の前で何度か深呼吸を繰り返した。そののち、

「──誠士。入るよ」

扉に手をかける。

部屋の中もやはり暗い。窓の外に浮かぶ月が、わずかな光を部屋の中に落としている。

人工呼吸器の機械的な電子音が聞こえる。ベッドの上に横になった人物は、虚ろに天井を見上げながら、ゆっくりと胸を上下させている。

漆原は置きっぱなしのパイプ椅子に腰掛けた。部屋の中に置かれた数々の写真立てを見回したあと、漆原は声を上げる。

「変わりはなさそうだね。良くも悪くも」

返事はない。もちろん返事をできる状態ではないことは承知の上なので、漆原は気にせず続ける。

「私の方は相変わらずだ。自己免疫疾患は治らない病気ばかりだからさ。外来じゃ『こんなにやってるのになんで良くならないんだ』って恨みがましい目で見られるし、入院患者は時々死ぬ」

漆原は乾いた声でつぶやいた。

「……たまに、虚しくて堪らなくなる」

ああそう言えば、と漆原は思い出したように言った。

「今、学生が一人来てるんだ。戸島……だったかな。変な奴だよ。死ぬほど医者になりたい癖に、血が苦手なんだって」

漆原は小さく笑った。

その時、窓の外で強い風が吹いた。枯葉同士が擦れ合う音が聞こえる。漆原はぽつりとつぶやく。

「……もう秋だ。そういえば君が入院したのも、これくらいの時期だったね」

漆原は消え入るような声で言った。

「もう十年近く経つか。——私が、君を殺してから」

静かな夜だった。漆原光莉の声だけが、ずっと聞こえていた。

第三章　膠原病患者・村山大作の追想

大学病院の採血室は採血ブースが横並びにずらっと並んでおり、次々に患者が呼び出されては採血されていく。採血を担当する検査技師のお兄さんは、

「一日何十人、何百人と採血をします。目隠しで触って血管の場所が分かるようになったら一人前ですよ」

医学部の学生実習では外来や手術といった一般的な医師の業務のみならず、採血室や検査部での学習も義務付けられている。実習の一環で採血室を訪れ、俺たちは採血の見学をすることになっていた。

「光一郎、顔色悪い」

横に立つ京が呆れた風に言う。その指摘はおそらく正しい、これから採血で血を見ると考えただけで、すでに俺の鼓動は早くなり、嫌な汗が脇の下ににじんでいた。

「いつまでも血が怖いなんて言ってられるか。俺は問題ない」

「ゲロ用のビニール袋要る？」

「余計なお世話だ」

京は「あっそ」と鼻を鳴らした。

（平常心、平常心……！）

外来受付が始まり、少しずつ患者がブースに入ってくる。

患者の腕に駆血帯が巻かれる。青白い血管が浮き出る。検査技師が針を構える。針先が照明の光を受けてギラリと光る。

大丈夫だ、この程度なら耐えられる。俺は唾を飲んだ。

「それじゃ、少しちくっとします」

技師さんが針を血管に押し込む。プス、と針先が肌の下に沈む。翼状針の筒内に赤い血液が見える。俺の心臓がどくんと跳ねた。

シリンジの中に赤い血液が溜まっていく。つい先程までは患者の体内を巡っていたのであろう液体が、少しずつ引き抜かれていく。その赤から目が離せなくなり、

（――あ。まずい）

くらりと体が傾く。手近にあった棚につかまろうとするも失敗し、置かれていた大量の器具をひっくり返して俺は倒れ込んだ。やにわに騒がしくなる周囲の声を最後の

記憶に、そのまま俺は失神した。

「新しい種類のカップラーメンを開発する仕事とかって面白そうじゃない？」

「……俺は医者になりますから」

アレルギー・膠原病内科の外来室には、漆原先生が食べたカップラーメンの器やら缶コーヒーの空き缶やら読みかけの論文やらが散らばっている。要するにいつも通りだ。備え付けの椅子に座り、漆原先生は肩をすくめた。

「採血の見学で失神するとはね。筋金入りの血液恐怖症ってわけだ」

反論できない。俺は憮然として診察室の片隅に立つしかなかった。漆原先生はコーヒーを飲みながら電子カルテの端末をいじりつつ、

「新患が来てる。準備しといて」

新患。つまり、初めて漆原先生の外来へ来る患者ということだ。俺は慌てて部屋の中を片付け始めた。漆原先生は目を細めて、

「知らない医者からの紹介だな……。皮膚筋炎疑い？　ＣＫ上昇なし？　ほんとかなー」

漆原先生は頬杖をつきながらカルテ画面をスクロールしている。俺はいそいそと缶

コーヒーの空き缶を回収しゴミ箱に放り込んだ。

「ただ……んー……万が一、はあるかもね」

ぼそりとつぶやく漆原先生。診察室に設置された患者呼び出し放送のマイクに顔を近づけ、

「村山さーん、村山大作さーん。診察室三〇九にどーぞー」

なんとも気の抜けたアナウンスが流れる。しばらくそのまま待っていると、おもむろに診察室の扉が引き開けられた。

入ってきたのは中年の男だった。痩せていて、ぷっくりとした大きな鼻が不遜な雰囲気を醸していた。色が褪せて干からびた昆布のような色になったジャージを着ている。酒とタバコの臭いがわずかに漂ってきた。

「何十分待たせせんだよ。ったく」

男はどかりと椅子に腰掛けた。大きな咳払いをしたあと、部屋の中をぐるりと見回し、

「タバコ吸えないかね？　さっき入り口で一服しようとしたら、警備員に怒られちまった」

人差し指と中指でタバコを吸う仕草をする中年男性。村山さん、という名前だった

か。

（気難しそうな人だな……）

　往々にして、この手の患者は漆原先生と相性が悪い。漆原先生が暴言を吐き出さないかヒヤヒヤしながら見守っていた俺だが、

「………」

　予想に反して漆原先生は黙り込んでいた。三白眼がせわしなく動き、患者の手足を舐めるように見回していく。

「うちの近くの皮膚科がよう、どうしても大学病院に一回かかれってうるせえんだ。ただの手荒れだと思うんだがね」

　ボリボリと村山さんが頭をかきながら言う。漆原先生の返事はない。村山さんが不審そうな声を出した。

「おーい。何してんだ、あんた」

「戸島。もう一回紹介状見せて」

　漆原先生が俺に目を向ける。その声音は先ほどまでと打って変わって真剣で、俺はどうしたんだろうと首をひねりながら紹介状の束を渡す。

「……CKは確かに正常だけど……KL‐6高値……フェリチン1841……ゴット

ロン徴候あり、筋力低下はなし……間質性肺炎もある、か……」

何やらブツブツつぶやいている。椅子に腰掛けて胡散臭そうな顔をしている村山さんが、何度か咳払いをした。

「村山さん」

漆原先生が突然、がばりと顔を上げる。

「いつから症状があったの。手が赤くなったり、咳が出るようになった時期は」

「二ヶ月くらい前じゃねえかな」

「最近運動が辛くなったり、息が上がりやすくなった自覚はある？」

「まあ、あるな。居酒屋を経営してるんだが、酒を運ぶのがしんどくなった。でもそんなのトシのせいじゃないのか」

村山さんが下唇を突き出す。

「なあ、もういいだろ。今日はこの後、料理の仕込みをしなきゃいけないんだ。そろそろ帰りたいんだがね」

貧乏ゆすりを始める村山さん。だが漆原先生はすげない口調で、

「帰れないよ」

「え？」

村山さんは素っ頓狂な声を上げた。

「緊急入院だから」

「ちょっと、おいおいセンセイ、何言ってんだよ」

目をぱちくりさせる村山さんを気にした風もなく、「失礼」と漆原先生は院内電話（ＰＨＳ）を取り出した。

「……もしもし。漆原だけど。相談がある。うん、そう。外来に来てる村山大作さん、ＩＤが……」

断片的に聞こえてくる内容はなんだか不穏で、俺は患者と漆原先生を見比べる。

「……緊急入院で。今日から三剤併用療法を始める」

漆原先生は苦々しい口調で言った。

「うん。――〝ＭＤＡ‐５（エムディーエー・ファイブ）〟だね」

「なんなんですか？　そのＭＤＡ‐５（エムディーエー・ファイブ）って」

午前の外来が終わったあと、俺は漆原先生に尋ねた。漆原先生はコーヒーを飲みながら、

「皮膚筋炎という病気、知ってるでしょ」

俺は頷いた。自己免疫疾患の代表選手、基本中の基本である。

皮膚筋炎。その名の通り、皮膚と筋肉の炎症を主体とする自己免疫疾患である。典型的にはゴットロン徴候と呼ばれる指の皮疹や、腕や太ももの筋力低下をきたす。あの村山さんも典型的なゴットロン徴候が指に出ていた。診断は皮膚筋炎だ。

「でも、それなら良かったですね」

「ん？」

「だってさっきの村山さん、筋肉にはほとんど症状が出てないみたいでしたよ。皮膚筋炎って筋力低下が進んで歩けなくなる人もいるらしいじゃないですか。あの人は軽症ですよ」

皮膚筋炎はここ最近で目覚ましく治療が進んだ疾患の一つだ。かつては深刻な筋力低下で寝たきりになったり誤嚥性肺炎で亡くなったりすることもあったと聞くが、今はしっかり治療をすれば良好な予後が見込める病気になったはずだ。

特にあの村山さんは、早期に疾患の診断がついた。すぐに治療が始まるはずだ。ちゃんとやれば、元気に退院できるだろう。

そう思ったのだが、

「君、勉強が足りないね」

棘のある声。漆原先生は鼻を鳴らした。

「日本人の死因、第一位は癌――誰でも知ってる常識だ。毎年数十万人が癌で死んでる」

突然の話題だった。俺は曖昧に頷いた。

「精度の良いバイオマーカーや画像診断の登場、免疫チェックポイント阻害薬の発明……。癌の種類によっては、五年以内の死亡数が一割を割り込むところまで、現代医学は持ってきている」

漆原先生はいったん言葉を切った。

「〝ＭＤＡ-５（エムディーエー・ファイブ）〟――正確には〝抗ＭＤＡ-５（エムディーエー・ファイブ）抗体陽性皮膚筋炎〟は筋炎の中でも異端（イレギュラー）でね。筋症状に乏しい代わりに急速進行性の間質性肺炎を合併する。予後は極めて不良だ」

予後。すなわち、治療を始めてどれくらいの期間の生存が期待できるか、という意味だ。

「予後不良って、どれくらいですか」

「ＭＤＡ-５（エムディーエー・ファイブ）は、**診断から半年以内に三割が死亡する**」

耳を疑った。半年で三割が死亡する。その数字がいかに壮絶なものであるかは、医学生の俺にも容易に理解できた。

「最悪の自己免疫疾患だ。今日から免疫抑制を叩き込む」

病室の中は点滴のシリンジポンプや、血圧や酸素飽和度を表すモニターで手狭だった。ベッドの上に横たわった村山さんは、下唇を突き出して胸毛の生えた胸元をボリボリかいている。

「入院なんて初めてだな」

「ツイてねえ。もうすぐ天皇賞だってのに」

「なんですか、それ」

「競馬だよ。なんだ兄ちゃん、知らんのか」

カーッと音を立てて喉を鳴らしたあと、村山さんはベッド脇のゴミ袋に痰を吐いた。

村山さんはニヤリと悪い笑みを浮かべて俺を見た。曖昧な愛想笑いを浮かべて、俺は言い淀む。

「いやあ。そういうのは疎くて」

「ギャンブルはやらんのか。パチンコや麻雀はどうだ」

「ルールを知らないです」

「なら酒や女遊びか」

「そういうのもちょっと……」

「つまらんなあ。最近の若者ってのはワカメみてえだ」

どういう比喩だ。草食系とでも言いたいのか。

「なんなら、俺が連れてってやろうか。この辺は吉原が近いからな、安くて良い店を知ってんだよ」

「結構です、はは」

このまま会話を続けるのは厳しい。俺は適当な理由をつけて病室を出ようとしたが、村山さんがぽつりと言った。

「いつ頃退院できるかね。もうじき仕事が忙しくなる頃なんだよ」

俺の喉をざらついた唾が滑り落ちた。脳裏をよぎるのは漆原先生の言葉である。

――MDA-5は、診断から半年以内に三割が死亡する。

村山さんの質問には答えられなかった。俺は「お大事に」と言い残して部屋を出た。

カンファレンス、というものがある。

患者の治療方針を医者が集まって議論するという趣旨の会議で、週に一回、波場都大学のアレルギー・膠原病内科でも催されている。

いわゆる「カンファ」、医療ドラマでもおなじみの用語である。白衣を着た医者たちが広い会議室で難しい顔をして患者のCTをにらみ、強権的な上層部と革新派の若手が治療方針や医療の未来について激論を戦わせる——というのはよくあるシーンだ。

実を言うと、そういう暑苦しいやりとりはドラマの中にしか存在しない。実情は怠惰なもので、カンファレンスの時間になると「めんどくせえなあ」的な雰囲気を醸した医者たちがカンファ室にぞろぞろと集まってくる。研修医の先生がおっかなびっくりプレゼンする中、大半の医者は船を漕いだりメールのチェックをしたりスマホをいじったりして話を聞いていない。司会の先生が「まあそんな感じの治療方針でいいんじゃないですかね」と部屋の中を見回して、そのままもったりした流れで話し合いが進行する。それが真のカンファである。

ただ、稀(まれ)に——達人の仕合じみたやり取りが交わされることがある。

「村山大作さん、58歳の男性。抗MDA(エムディーエー)-5(ファイブ)抗体陽性皮膚筋炎に対して、三剤併用療法を開始してます」

壇上にのっそりと立ち、漆原先生がプレゼンを始める。提示されている症例は村山さんだ。これまでの病歴、採血や画像所見を一通り画面に映していく漆原先生。最後

に、

「――治療を始めて二週間だけど、明らかに肺炎は進行しています。病勢は悪化傾向、TOF(トファシチニブ)やRTX(リツキシマブ)を開始する予定です」

と締めくくった。

しばし、沈黙。口火を切ったのは、カンファ室の片隅に座る男だった。

「厳しいね、これは」

そう言って顎に手を当てたのは、アレルギー・膠原病内科教授にして波場都大学医学部長――大道寺(だいどうじ)勇吾(ゆうご)だった。

(医学部長……)

以前の面談で会って以来、彼の顔をみるのは久しぶりだった。

――外来の統括は漆原光莉という女性だ。彼女に医師としての適性を認められたら、進級を許可しよう。

あの言葉は今でもよく覚えている。だが俺と話していた時とはまるで違う、怜悧(れいり)な雰囲気をまとっていた。

「CTは明らかに悪くなってるし、酸素投与も必要になってきたんでしょ？　ひとまず、今の治療内容を変えるのは賛成だよ。明らかに太刀打ちできてない」

医学部長はゆっくりと足を組んだ。

「……決めておいた方がいいかもしれないね。どこまでやるのか」

その言葉の意味は、学生の立場でしかない俺にも理解できた。ごくりと唾を飲み、横目で漆原先生を見る。

「挿管も心臓マッサージもしません。無意味ですから」

有無を言わせない口調だった。

挿管や心臓マッサージをするかどうか――つまり、いよいよ心臓が止まった時に心肺蘇生を行うか、呼吸状態が極め付けに悪くなった時に人工呼吸器を使用するか、という話だ。

「自己免疫疾患は根治しません。挿管や心マが必要な段階まで悪化した時点で、救命の可能性は低い。いたずらに苦痛を与えるだけです」

学部長は目を細めたあと、深々とため息をついた。

「……まあ、君はそう言うだろうねえ……」

カンファ室に重苦しい空気が満ちる。俺は思わず口を挟んだ。

「ちょ、ちょっと待ってください」

数多くの医師の視線が俺へと集中する。大半が「誰だこいつ」的な胡散臭そうな目で俺を見る中、医学部長だけが「ほう」とつぶやいた。

漆原先生が実に鬱陶しそうな声を出す。

「学生は黙って見学してな。今はカンファ中――」

「いや。言ってみなさい」

医学部長が遮る。漆原先生はこれ見よがしに舌打ちをしたあと、椅子に深々ともたれかかって白衣のポケットに手を突っ込んだ。

俺はおずおずと言葉を続ける。

「挿管も心臓マッサージもしない、って……。でも、それをやらなかったら死んじゃうんですよね？　なら、やるしかないんじゃないですか」

心肺蘇生行為や人工呼吸器の装着は、いよいよ生命の危機に瀕した時の命綱だ。これを使わないということはつまり、

「死にかけてる人を、見殺しにするってことですか」

思わずこぼれ出た言葉は、自分でも思いもよらなかったほどの棘を孕んでいた。

長い長い沈黙が満ちる。不用意な発言をしたことを俺が本格的に後悔し始めた頃、ようやく漆原先生が口を開いた。

「コーヒー」

「はい？」

「コーヒーが飲みたい」

漆原先生はのっぺりとした口調で続けた。

「売店行って買ってきて、戸島」

「でも今カンファ中」

「行ってきて。今すぐ」

にべもない口調。俺の背筋を氷の粒のような冷や汗が滑り落ちた。

（……怒ってるなこれ）

一見するといつもの眠たげな風貌だが、触れれば破裂する風船のような怒気を感じる。俺は唾を飲んだあと、おもむろに腰を上げた。

「……ブラックコーヒーでいいですか」

「ホットね」

俺はこそこそとカンファ室を後にした。去り際にちらりと振り返ると、漆原先生が仏頂面で腕を組んでいるのが見えた。

「やること全部やって、それでもダメだったなら仕方ないよ。でもこっちから『あなたの治療はここまでしかしません』って線引きをするのはおかしいだろ」

「ふーん。そーなんだ」

「漆原先生も冷たいよな。あの人は確かに医者としては有能かもしれないけど、人間性に難点がある」

「へー」

大学寮近くにある喫茶店の片隅で俺はブチブチと文句を垂れ続ける。向かいに座る京は教科書から顔を上げないまま生返事を返してくる。俺は言った。

「どう思うよ？　憂うべきことだと感じないか」

「細かい事情は知らないけど……」

京はマリアナ海溝のように深々としたため息をついたあと、恨みがましい目で俺を見た。

「あんたはまず自分の試験を憂うべきだと思う」

「ん？　ああ、そっちは問題ないぞ」

京が手元に広げているのは解剖学のテキストで、筋肉や血管の走行を表すイラストがあちこちに記されている。長かった解剖学の実習もいつの間にか終わり、もうじき試験なのだ。もっとも俺は（血を見ると倒れてしまうという事情のため）途中から実習を休んでいたので、試験だけ受ける形になる。

「あんたが課外実習で何言われたか知らないけど、こっちは解剖学の試験前で切羽詰まってんの」

「そうなのか。大変だな。来週だっけ」

「あんたも受けるんでしょーが」

頭を抱える京。その両脇には堆く医学書が積まれており、さながらパリのエッフェル塔と東京スカイツリーが一堂に会したかのようである。

「なんなのよこの勉強量……！　わんこそばを食べるみたいに暗記しても暗記しても終わらない……人体複雑すぎる……」

「そうか？　過去問も見てみたが、案外要点は少ないぞ。試験に通るだけなら一週間で十分だ」

京は粘度の高い視線で俺をしばしにらんだあと、

「表皮の層構造を述べよ」

「角層、顆粒層、有棘層、基底層」

「祈禱師の手は」

「正中神経麻痺だな」

「男性の腹部大動脈から分岐する血管を頭側から順番に言うと？」

「腹腔動脈、上腸管膜動脈、腎動脈、精巣動脈、下腸管膜動脈」

どれも基本である。特に難なく俺が答えると、京は実に嫌そうな顔をして頭を振った。

「……実習出てないくせに……」

「その分教科書は読み込んだからな」

「あんた、昔からペーパーテストはほんと強いよね」

「書いてあることを覚えるだけだぞ。別に難しくない」

京は幽鬼のような目でぼそりと言った。

「……留年すればいいのに……」

「洒落にならないことを言うんじゃない。親父からの仕送りが止まる」

「って言うかさ」

京はボールペンの先でぴっと俺を指した。

「あの話どうなったの。解剖実習の出席日数が足りないけど、漆原先生に認めてもらえたら進級できるってやつ」

俺はぽりぽりと頭をかいた。

「――分からん。試験自体は通ると思うが、仮進級という形になるらしい。あくまでも漆原先生の采配次第で、俺の進級は決まる」

「ふーん。でも怒らせちゃったんでしょ」

「まあ、な」

京は教科書に視線を戻した。心臓の冠動脈のイラストを模写しながら、京はつぶやいた。

「留年した後はどうするの？　世界一周旅行でも行くの」

「俺が進級できないことを前提に話を進めるんじゃない」


とある日の夜。

漆原先生の外来が終わったあと、俺は診察室の掃除をしていた。山のように積まれた缶コーヒーの空き缶を捨て、カップラーメンの容器をまとめてビニール袋に突っ込む。

「なんであの人は片付けもまともにできないんだ……赤ちゃんか？」

放っておいたら数日で外来がゴミ屋敷と化すことは想像に難くない。なんとか机の表面が見えるところまでは整頓し、俺は安堵の息をつく。

俺はふと気になり、パソコンを起動し電子カルテにログインした。慣れない手つきで操作し、

「えっと……村山……村山……いた」

村山大作さんのカルテを開く。ちょうど新着の画像検査が届いている。どうやら今日、胸のＣＴを撮ったようだ。どれどれ、と画像を覗き込み、

「ッ……」

俺は唾を飲んだ。真っ白になった肺の画像が画面に映されている。

ＭＤＡ‐５（エムディーエー・ファイブ）の間質性肺炎は、一週間前に比べても明らかに悪くなっていた。

漆原先生のカルテには、

『両側下葉の浸潤影は週単位で明白に悪化傾向。病勢は抑えられていないがＣＹの血球減少はsevereで増量も困難。またnadirを過ぎたと思われる時期にもpancytopeniaは進行、マルクで骨髄に血球貪食像ありＭＡＳに至っていると評価。パルスを挟む。

ＰＳＬ、ＴＡＣ、ＩＶＣＹによる三剤併用療法、また新規に追加したＪＡＫ（ジャック）阻害薬も効果不十分。ＲＴＸ（リツキシマブ）への切り替えを検討。またＰＥを透析室と検討する。

※現時点ではfull fight. しかし予後は厳しい。ムンテラ予定する。キーパーソンな

し』

と書かれていた。

正直、何が何やら分からない。現役の医者、それも膠原病内科医という専門性の高いカルテだ。医学生が読み解くには難解すぎる。

だが一方で、底の知れない恐ろしさが、俺の脊髄を舐め回していた。

「看護師さん良い尻してるねえ。えへへ」

「もう、やめてくださいよ」

「おっと手が滑って――」

「触ったら強制退院させて警察呼びますからね」

「あっはい。すみません」

病室を訪れた俺を出迎えたのは、点滴台を組み立てる看護師さんにセクハラを試みて撃退される村山さんの姿だった。

(何してんだこの人……)

案外元気そうじゃないかと胸を撫で下ろす。だがよく見ると村山さんの顔はこの数週間ですっかりやつれ、枕元のモニターが示す生体徴候(バイタル・サイン)も一回り悪い数字になっていた。

「じゃ、点滴始めますよ。肌が赤くなったり体がかゆくなったりしやすい薬なので、何かあったらナースコール押してください」

そう言い残して看護師さんは部屋を出て行った。村山さんは病室の隅に佇（たたず）む俺を見て、「よう」と手を上げた。

「よく来るな、兄ちゃん。勉強してるか？」

「大丈夫ですよ。心配には及ばないです」

「病院てのはいっぱい薬があるんだなあ。どれがどれだか分かんねえよ」

村山さんは点滴を見上げながら言った。今日から始まる新しい薬で、この薬に一縷（いちる）の望みを託すしかないのが今の村山さんの病状だ。

村山さんは大きく咳（せ）き込んだ。喉を押さえながら、

「咳が増えてきたんだ。喉も痛いし。満足にメシも食えん」

村山さんは口をへの字にした。

「メシを食えなくなったら人生お終（しま）いだよ。そう思わんか、兄ちゃん」

俺は何も答えられなかった。村山さんは冗談のように「お終い」という言葉を使ったが、彼にとってその単語は決して距離の遠いものではないことを、俺は知っている。

「結構入院長くなっちまったなあ」

　窓の外を見ながら、ぽつりと村山さんが言う。釣られてガラス窓の向こう側に目をやると、紅葉がキャンパスを彩っているのが目に入った。村山さんが入院してから、一ヶ月以上が過ぎていた。

「兄ちゃん、歳はいくつだ」

　突然の質問だった。俺は何度か目をぱちくりさせたあと、

「二十歳です」

「お！」

　村山さんは破顔した。

「そりゃあいい。二十歳ってのは人生で一番めでたい歳だ」

「そうですかね」

「酒が飲めるからな。未成年飲酒は良くない」

　らしくもない糞真面目(くそ)なことを村山さんは言った。ちなみに大声で言えないが俺は大学の新歓コンパで大いに未成年飲酒を体験しているので今更飲酒自体には感慨も湧かないが、村山さんはえらく嬉しそうに頷いている。

「俺ん家は居酒屋なんだ。日本酒の目利きには自信がある。今度安く売ってやるから、

店に来るといい」

「……分かりました。楽しみにしてます」

なるべく平静を装おうとしたが、思いのほか声が震えた。

この人がまた店先に立つ日は来るのだろうか。そう思うと、顔をまともに見られなかった。

村山さんが不思議そうに眉をしかめる。

「どうした兄ちゃん。具合が悪そうだな」

「いえ、別に。……大丈夫です」

「ちゃんとヌいてるか？　男ってのは出すもん出さないと健康に支障をきたすからな」

妄言を抜かして一人で笑い転げる村山さん。だがそのバカ笑いは程なく止んだ。

「こんにちは」

ぬるりと漆原先生が病室に入ってくる。村山さんが「おっ」と手を挙げる。

「どうも、センセイ。毎日悪いね」

漆原先生は言葉を返さなかった。その険しい顔を見て、俺は彼女が何をしにきたのか、薄々勘づいた。当の村山さんだけが、不思議そうな顔をして俺と漆原先生を見比べている。

漆原先生が話を終えた時、村山さんは言葉を発さず、わなわなと口を震わせていた。何度か水を飲んだあと、絞り出すように彼は言った。

「――俺は」

村山さんは、ひゅっ、ひゅっ、と浅い息を繰り返した。

「助からないのか」

漆原先生は機械のような口調で言った。

「少なくとも標準的な治療は効かなかった。新しい薬が著効した例もある。やってみなければ分からない。でも」

漆原先生は目を伏せた。

「死ぬ場合もある。それも、それなりに現実的な可能性で」

漆原先生の言葉は端的で、誤解のしようもなかった。やはり頭の良い人なのだろうと思う。

だが今だけは、その直截(ちょくさい)な物言いが恨めしかった。

村山さんは黙り込んだ。やがてぽつりと言う。

「……いよいよ死ぬ、ってなったら、身の回りの整理もしなきゃいかんよな。俺は家族もいないし」

「心積もりはした方が良い」

針の筵（むしろ）に座るような、長い時間が過ぎた。やがて、

「……考えさせてくれ」

手元に視線を落とし、それだけを村山さんは口にした。漆原先生は頷き、俺へ向き直った。

「出よう」

俺は何も言えなかった。去り際に振り返ると、村山さんはさっきまでとは別人のように虚ろな顔で、じっと頭を抱えていた。

試験終わりの浮かれた医学生たちが詰めかけた居酒屋はお祭り騒ぎだった。この飲み会の主催者である同期が乾杯の音頭を取る。

「えーそれでは！　皆さん！　解剖の試験、お疲れ様っしたー！」

「ウェーイ！」

別に医学部に限った話ではないが、こういう規模の大きい飲み会ではいくつかのグ

ループに分かれる。

一つ目がいわゆるウェイ系、脳をアルコールに浸して大声を出すことが好きな連中だ。彼らは居酒屋の一角に陣取り、医学部の先輩同士が授かり婚をした話で大いに盛り上がっている。

そのグループから少し離れたところで甲高い声を出しているのが女子医大生軍団、居酒屋の飲み会には不釣り合いなバチバチのメイクをキメてきている者も多い。彼女たちはキャリアと結婚生活の両立について意識の高い激論を交わしていた。

そして居酒屋の隅っこ、入り口から最も遠い場所でぬるぬるとレモンサワーやハイボールを舐めているのが俺たちである。

「ったくよー、試験試験試験で嫌になりますわ、実際」

卵の黄身のような金髪を揺らして、同期の遠藤がうんざりしたような声を出す。

「せっかく解剖の試験が終わったってのに、来月は生理学と組織学のテストだろ？いつ彼女とデートすりゃいいんだよ」

「あれ、お前彼女できたのか」

「今後できる予定なんだよ」

遠藤は恥ずかしげもなく言い放った。この男は入学以来ずっと、「こんなにイケメンでウィットに富んだトークができる俺がフリーなのはおかしい。もうじき彼女ができるに違いない」と主張し続けている。

「医者になったら遊ぶ暇もなくなるんだからさ、学生の間はのんびり過ごさせて欲しいよな。マジで」

遠藤はハイボールを一気に喉の奥に流し込んだ。「もう一つハイボールください」と遠藤が声を投げると、店員のお姉さんが「はーい」と答えた。

ある程度、遠藤の意見は正鵠（せいこく）を得ている。病院によっては家に帰るより病院に泊まる日の方が多いし、患者が急変したら夜中でも叩き起こされる。これはもう職業柄やむを得ない部分はあるが、ならばせめて今のうちは楽しい思いをさせてくれというのは人情だろう。

俺の横では京がカルーアミルクを機械的な動きで一定のペースで口に運んでいる。

遠藤が水を向けた。

「京ちゃんはテストどうだった？　って、問題ないか」

「そうでもない。小児科の医局に出入りしたりしてたから、試験勉強はカツカツだった」

遠藤は「ご立派」と手を叩いた。

「今から入局宣言かよ。医局なんてヤクザみたいなもんだぜ」

「どうせいつかは入るんだから、早いに越したことないでしょ」

京はカルーアミルクを飲み干した。

「この季節はやっぱり風邪引いてる子供多いね。忙しいし、私まで体調崩しそう」

そういうもんか、と俺たちは頷く。

「遠藤は将来どうするんだ」

俺は尋ねた。遠藤は「ん？」と眉を下げる。

「どこの科に行きたいとか、こういう仕事をやりたいとか、決まってるのか」

「俺は親父が循環器内科だからな……。俺も心臓は好きだし、多分同じ循環器内科医になるんだろうと思うよ」

「大変だな。急患の多さは随一だろう、あの科は」

循環器内科は不整脈や心筋梗塞を扱う科だ。心臓というのは当たり前だが止まると死ぬので、治療に際してはスピーディーさが求められる。患者数も多く、内科の中でも最も忙しい科の一つだ。

遠藤はぽりぽりと頬をかいた。

「まあな。忙しいのは承知だよ。でも詰まった冠動脈がカテーテルでズバッと広がって心臓が動き出すの、めちゃくちゃカッコいいし面白えと思うんよ」

遠藤は真面目な顔をして続けた。

「医者になったからには多くの人を助けたいだろ。多少の忙しさは乗り越えるさ」

普段は阿呆なことしか言ってない遠藤は、珍しく神妙な面持ちで頷いた。存外真面目な男なんだなと俺は見直す。常からこのテンションでいる方が女性からも人気が出るのではないだろうかと節介を焼きそうになる。

(多くの人を助けたい、か)

いちゃもんのつけようもなく立派な志だ。医学生の鑑と言っていい。なのにどうしてか、その言葉を素直に受け取れない自分がいた。

(……村山さん)

助けられない病気になってしまった人は、どうすればいいのか。

多くの人を助けるということはつまり、少数の助けられない人たちを見捨てることではないのか。

周囲の声が、すーっと遠くなっていくような気がした。答えの出ない思考に埋没しながら、俺は空になったグラスを握り締めた。

飲み会が終わり解散したあと、俺の足は自然と大学へ向かっていた。特に用事があったわけではない、ただ、

（大丈夫かな、村山さん）

今日の昼間、漆原先生に病気がどんどん悪化していることを伝えられ、愕然とした表情を見せた村山さんの顔がちらついていた。厳しい病状を伝えられたのだ、無理もない。

俺みたいな医師免許も持っていない医学生が行っても、なんの足しにもならないことは百も承知だ。だがそれでも、知らないふりをして放っておくことはできない。

大学病院の広大な敷地内にはいくつか出入り口があり、俺は病棟の裏手、奥まった場所にある小さな自動ドアから中に入ろうとした。だが入り口の前に見知った人影があることに気づき、思わず目を丸くする。

「村山さん？」

俺が声をかけると、人影がびくりと肩を震わせる。村山さんはバツの悪そうな顔でこちらへと向き直った。

「へへへ、どーも。こんな時間に何してんだ、兄ちゃん」

「それはこっちのセリフです。何してるんですか」

入院患者用のパジャマではなく私服に着替えている。息が上がっているのを見るに、酸素ボンベも持たずにここまで降りてきたのだろう。

「もう消灯時間は過ぎてますよ」

「ん、ああ。ちょっと夜風に当たりたくてな。もう少ししたら戻るよ」

俺はじっと村山さんの顔を見た。視線を逸らす村山さん。

「……あの。ひょっとして、病院を抜け出そうとしてませんか」

この時間は病室から出ることは認められていない。どう見ても無断の外出だ。俺の指摘に対して、村山さんはぽりぽりと頭をかいた。

「参ったなあ。バレちまったか」

やはりそうか、と俺は頷いた。

「なんで抜け出そうなんて――」

尋ねようとしたところで、村山さんの胸ポケットにタバコの箱が入っていることに気づく。俺は呆れて頭を振った。

「ひょっとして、タバコですか」

「あとはちょっとキャバクラとソープに行きたくてね。えへへ」

頭を抱える。生命の危機に瀕している最中だというのに、この人はタバコとキャバクラとソープランドか。

「部屋に戻りましょう」

「頼むよ兄ちゃん。朝までにはちゃんと帰ってくるから」

俺に両手を合わせて拝み倒してくる村山さん。だがその顔色は明らかに悪く、時折咳き込む姿は肺炎が数日前よりもさらに悪くなっていることを如実に物語っている。到底外出の許可が下りる状態ではない。

駄目です、と伝えようとしたが、

「だってよう」

村山さんがぽつりとつぶやく。

「今行っておかないと、もう二度と良い思いできないかもしれないじゃねえか」

俺の心臓が跳ねる。村山さんはすがるような口ぶりで言った。

「俺の病気は治らんのだろ。ここから先、悪くなる一方なんだろ」

「……それは」

違う、と笑って否定できたらどれほど良かっただろう。あなたは新しい治療が始まるから不安になっているだけだ、ちゃんといつか退院できるから今は我慢して治療に専念してください――。

現実は違う。すでに一般的な治療は効果不十分、失敗した。肺炎は日に日に悪くなっている。頼みの綱の新薬が効かなかった場合、もはや打つ手がなくなる。死を覚悟しなければいけなくなる。

「自分でも分かるんだよ。リハビリで歩ける距離がどんどん短くなってるし、薬のせいで吐き気が酷くてメシもろくに食えない。悪くなる一方だ」

村山さんは派手な咳を何回かしたあと、俺を見上げた。

「まだ外に出る体力は残ってる。今のうちに心残りをなくしておきてえんだよ。頼むよ」

俺は何も言えなかった。

止める理由はいくらでも思い浮かぶ。村山さんの肺の状態では歩くだけでしんどいだろうし、強い免疫抑制治療下にある中で人混みに行くのは感染症の観点から極めて危険だ。

だが、おそらく村山さんもそのあたりは理解している。分かった上で、リスクを承知してでも、まだ体力が残っているうちにやりたいことをやっておきたい、ということなのだろう。

責められない。たとえその内容がはたから見てどれほど馬鹿馬鹿しい愚行であっても――それこそタバコを吸ってキャバクラで美人のお姉さんと酒を飲んで風俗で性欲を思う存分発散したい、という欲望丸出しでも、責めることはできない。

どうしよう。俺は答えを出せなかった。

曲がりなりにも医学生としてこの男に接するのであれば、迷う余地はない。今すぐ病棟に連絡し連れ戻し、二度と無断外出しないように言い聞かせる。その際にはいかに深刻な病状であるか、この状況下で外出することがどれほど危険であるかを説明する。それが「正しいこと」だ。

だが正しいことを言うことが常に正しいとは限らない。家族もなく孤独に生きて、挙句治らない難病に罹った気の毒な男の、最後の願いなのだ。せめてそれくらいは叶えてあげるべきではないか。

（……どうすればいいんだ）

もどかしかった。何が正解なのか分からないまま、俺は荒い息を繰り返した。

どれほどそうしていただろう。ある時、肩を叩かれて俺は我に返った。

「すまんな、兄ちゃん」

村山さんが俺の右肩に手を置いていた。

「困らせるつもりはないんだ。俺も死ぬのは怖くてよう。つい悪い方にモノを考えちまう」

村山さんは黄色い歯を見せて笑った。

「俺は病室に戻るぜ。兄ちゃんも、家に帰んな」

村山さんは大きく呟き込んだ。そのままヨタヨタとエレベーターホールへ歩き出す。

かと思うと、ふと足を止め、

「そうだ。兄ちゃん」

「あ……はい」

「頼みごとを一つ、聞いてくれんか」

エロ本を買う、という体験は人生で初だった。

賢明な紳士諸兄はご存じだろうが、このご時世、猥褻(わいせつ)な画像や動画は和洋を問わずインターネットで閲覧することができる。どう考えてもなんの意味もない「あなたは十八歳以上ですか？」の質問を通り抜け、めくるめく桃色ムービーに胸を躍らせた体験は誰の中にもあることだろう。電脳世界において幾度となく年齢詐称を繰り返してきたことをここに懺悔(ざんげ)する。

そういうわけで、俺はエロ本という物体がこの世に存在していることこそ知ってはいるものの、現物を目の当たりにしたことはなかった。

俺が来ているのは秋葉原の奥地に位置する書店であり、薄く縦切りにした羊羹(ようかん)のように細長い建物はいかにもアングラな雰囲気を醸している。一階では一般的な雑誌や書籍を売っているもののラインナップは貧相で、誠に薄っぺらいカモフラージュとしか言いようがない。

二階から四階までがこの本屋の本領であり、階段を登ると視界を埋め尽くす猥褻図書の充実ぶりに俺はめまいがした。細長い通路には俺の他にも数人の若い男やオッサンがもっともらしい顔をして商品を物色しており、お互い目を合わせないようにしてコソコソとすれ違っていた。

（なぜ平日の昼間からこんなに混んでいるんだ……）

狭い本屋の中には男たちがひしめいている。その割に通行はスムーズで、お互いマナーよく道を譲り合っている。エロは人を紳士にするということだろうか。

昨日の夜、村山さんが俺に頼んだのは、「贔屓(ひいき)の女優が載っているエロ本を片っ端から買い集めて欲しい」というものだった。エロ本ならば病室で読めるから、と。エロ本を病室で貪り読む患者に対して看護師さんたちがどのような反応を見せるかは想像に難くないが、少なくとも急速進行性間質性肺炎を押してソープランドに行くよりは現実的とは思われた。

そういう事情でエロ本のお使いに来た俺だが、村山さんが好む女優は新進気鋭の売れっ子ばかりで、出演書籍数はざっと調べたところ百にも及びそうだった。目を皿のようにして彼女たちが載った雑誌を棚から引き出していると、買い物かごはたちまち猥褻図書で満ちあふれた。周囲の男たちの尊敬と畏怖に満ちた眼差しが大変に辛い。

レジに立っているのは若いお姉さんの店員だった。お姉さんは大量のエロ本の山と俺とを見比べて、

「なんだこいつ」

みたいな目をしたし、俺自身も「なんだこれは」と思わざるを得なかった。

「９８６３４円でーす」

店員のお姉さんが平坦な声で言う。

（高い……）

俺は村山さんから預かったしわくちゃの諭吉を数枚取り出し、レジの上に置いた。

順番に袋詰めされていくエロ本を見ながら、俺は恥ずかしさのあまり心中で七転八倒した。

エロ本の山をもらった村山さんは見たこともないくらいに嬉しそうな顔をしていた。入院して以来、これほどまでに彼が晴れやかで満ち足りた微笑みを浮かべたことはなかったと思う。村山さんは福笑いのお面のような顔で猥褻図書を一ページずつ噛み締めるように読み進めた。

後日、村山さんのロッカーに大量に山積したエロ本を発見した師長が「買ってきたのはどこのどいつだ」と激怒しており、俺が冷や汗を流しながら素知らぬ顔をしていたことは、言うまでもない。

波場都大学医学部附属病院の隠れた長所の一つは、おにぎりなどの食料品からスリッパなど日常生活の必需品、果ては胡散臭い占い雑誌に至るまで、種々多様な商品が揃った売店があるところだろう。以前聞いたところによると、漆原先生が大学病院で働き続ける理由の一つも、「これほどカップラーメンが充実している大学病院は他にないからね」ということだった。

「悪いな、兄ちゃん。付き合ってもらっちゃって」

「いえいえ」

俺は車椅子に乗った村山さんを連れて、病院備え付けの売店へと来ていた。ちょっ

とした스ーパーくらいの広さがある店内は、昼食を物色しに来た看護師さんや買い物に来た患者さんで賑わっている。

「よっ……とと」

「ゆっくりでいいぞ、兄ちゃん。急がんでいい」

車椅子を押すにもコツがあるらしく、俺は思う様に動かせなくて苦戦した。村山さんが気遣うように俺を見上げている。

そもそも俺は医学生であり、患者さんの買い物に同伴するというのは実習内容には含まれていない。だが、ナースステーションで忙しそうに話し合う看護師さんたちが、

「村山さんが売店行きたいって言っててさ、ずっと待っててもらってるんだよねー。でも助手さんも手が空いてないし……。あーあ、どこかに手伝ってくれる親切な医学生とかいないかなー（チラッ）。今手伝ってくれたら本当に助かるんだけどなー（チラッチラッ）」

という感じで俺に視線を送っており、圧力に耐えかねて村山さんの買い出し同伴に手を上げたわけだ。

村山さんはスナック菓子とお茶を数本購入した。レジのお姉さんがバーコードを読み込んでいる途中、村山さんはおもむろにこちらへと顔を向け、

「そうだ。兄ちゃん、好きな菓子はあるか」

「え？　お菓子、ですか」

「兄ちゃんくらいの年頃だと、アレか。味が濃くてガッシリしたもんが好きだろう。うんうん」

俺が返事を返す前に、村山さんは「あそこにある煎餅も一袋くれんか」と追加のオーダーをした。会計が終わったあと村山さんは、

「ほれ。兄ちゃんにやろう」

と俺に煎餅の袋を押し付けた。俺は慌てて手を振る。

「いや、結構ですよ。こんな」

「遠慮するな。買い物を手伝ってくれた駄賃だ」

村山さんは黄色い歯を見せて笑った。

「……ありがとうございます」

俺はぽりぽりと頭をかいたあと、煎餅袋を小脇に抱えた。

病室に村山さんを送り届けたあと、俺はとさりとナースステーションの椅子に座り込んだ。隣に座っていた漆原先生が俺の手元に目を向け、

「何それ」

「村山さんが奢ってくれました」

「へえ。随分好かれてるね」

漆原先生は意外そうに俺と煎餅袋を見比べたあと、電子カルテへと視線を戻した。

家に帰ったあと、俺は買ってもらった煎餅を一枚食べてみた。

「……しょっぱ」

おそろしく塩辛かった。俺はぼりぼりと煎餅をかじった。


「心臓マッサージも人工呼吸器も要らないよ」

ある日の昼。病室に様子を見に行った俺に対して、エロ本をまじまじと眺めながら、村山さんはこともなげにそう言った。

「漆原先生から聞いたよ。心臓マッサージも人工呼吸器も、病気そのものをよくするわけじゃないんだろ。俺の場合は使っても助かる見込みはほとんどないってな。なら、最期にゆっくりする方がいくらかマシだ」

俺は言葉を失った。喉元までせり上がってきた言葉を、ぐっと腹の底に押し込める。

諦めちゃダメですよ。

数週間前までの俺なら、そう言っていただろう。心肺蘇生や人工呼吸器は確かに病態を根本的には改善させない、だが少なくとも時間稼ぎはできる。その間に免疫抑制薬が効いてくるかもしれない。可能性が残されている以上、命の手綱を手放すべきではない。

（違う）

村山さんは諦めたわけではない。生死をかけた勝負に負けて絶望した者の顔ではない。

彼はただ、受け入れたのだろう。死もまた、生の一部なのだから。

「それで、いいんですね」

「ああ」

村山さんは頷いた。酸素のモニターがアラート音を鳴らしたので、「うるせえな。最近鳴ってばっかりだ」とつぶやいた。何度か深呼吸をすると、酸素の数字は少しずつ改善していく。

「前にも言ったかもしれんが、俺は居酒屋をやってるんだ」

村山さんは目線を落としたまま、ぽつりと言った。

「小さな店だが、日本酒だけはこだわってな。その甲斐（かい）あって、ずっと通ってくれてるお客さんが何人かいる」

「そう、なんですか」

俺はぎこちなく頷いた。村山さんは続ける。

「昨日、お客さんたちに連絡をしたよ。店はもう畳むことにしたってな」

「え……」

「なにせ、ここ数ヶ月店を開けられてないからな。赤字がこれ以上大きくなる前に、潔く閉店した方がいい」

村山さんは淡々とした口調だった。俺はなんと答えたら良いのか分からなかった。

「一件ずつ電話をかけたり、メールを送ったりしてな。その度になんだかこう……体の中身が、少しずつこぼれていくような気がしたな」

村山さんは深々とした息を吐いた。

「随分と身軽になっちまった」

俺は唇を噛んだ。村山さんの言葉には、見逃しようもない哀愁が漂っていた。

「なあ、兄ちゃん」

村山さんがパタリとエロ本を閉じて、俺を見上げる。

「俺は家族がいねえ。親の店を継いでこの歳までのんびり働いてたら、こんな病気になっちまった。俺が死んで悲しむのはうちの猫くらいのもんだろう」

そんなことはないですよ、と俺は声を絞り出した。村山さんは手を振る。

「いい、いい。気を遣わんでいい。葬式に来るやつがいるかどうかも怪しいもんだ」

村山さんは無精髭の伸びた顎を撫でながら、俺を見上げた。

「兄ちゃんが看取ってくれんか」

俺は目を見開いた。村山さんはゆっくりと続けた。

「あんた、医学生なんだろ。未来の医者だ」

頷く。

「ここまで来たら、もうどうにか生き延びようなんて四の五の言わんよ。でも俺は看取られるなら、兄ちゃんがいいんだ」

村山さんは大きく咳き込んだ。酸素の数字が再び下がり始める。

「俺が死ぬ時、隣にいてくれんか」

俺は長い間黙り込んだ。

そもそも死亡宣告というものは医師免許を持っていなければ下せない。俺ができるのはあくまで死亡宣告の同伴だけだ。それに、お看取りというのは実は大変な労力が要る。当たり前だが人間は死ぬ時間を選べないので、一度看取ると決めたならいつ何時に呼び出されてもいいようにしなくてはいけない。風呂に入ったり寝たりしている時も気が抜けなくなる。

俺はただ、課外実習という形でここにいるに過ぎない。そこまで重い責任を担う義理はない。そういう見方も、できる。

だが村山さんもそれは承知だろう。承知のうえで、それでも俺に頼んでいる。

「分かりました。必ず、俺も同席します」

村山さんの返事はなかった。訝しく思い、俺はもう一度声を掛ける。

「村山さん？」

やはり声はない。村山さんは目を閉じ、荒い息を繰り返している。モニターを見ると、どうも脈が速くなっている。それに血圧の数字も少し下がってきているような

——。

その時、鼻を突く臭いが部屋に立ち込めた。大便と、血の臭いだ。排便の音が聞こえる。見ると、村山さんのパジャマからじわじわと何かが染み出してきていた。

看護師さんが飛び込んでくる。誰かが叫んでいる。

「——漆原先生！　今すぐ来てください！　村山さんの意識が悪くなってて、血圧80まで下がってます！　血便多量です、対応指示ください！」

耳鳴りがする。やにわに騒々しくなる周囲の音が、膜一枚隔てた向こう側からぼん

やりと聞こえてくる。

（血。血だ。血、血、血……）

耐え難い臭気が部屋に広がる。村山さんは大量の便を失禁していた。だが便の色は一般的な茶色ではない。真っ赤な血混じりだ。まるで血管が千切れてしまったように、血便が次から次へとあふれ出てくる。ベッドの上を伝って、血便が病室の床に垂れて落ちる。

村山さんのベッドが少しずつ赤く染まっていく。血がにじむように、俺の視界が少しずつ赤で塗り潰される。

血が、視界いっぱいに広がっていく。

頭の奥で声が聞こえる。かつて見た光景。あの時もやはりこんな風に、誰かが叫んでいた。訳が分からないまま、ただ、目の前の人に宿る命の灯火が、少しずつ吹き消されていくのだけが、分かる。

（母、さん――）

俺は一歩後ずさって、そのまま尻餅をついた。眼前がチカチカ瞬く。耐え難い吐き気が唐突に腹の底を殴りつけてくる。

そのまま、俺は意識を失った。

＊＊＊

俺の母は十年前に死んだ。子宮頸癌（しきゅうけいがん）の多発転移だった。俺を産んですぐに、癌の診断になったと聞いている。

幼いながら、父親に手を引かれてよく病院に見舞いに行ったことを覚えている。波場都大学医学部附属病院に比べると小さな市中病院だった。しかしリノリウムの床や独特の消毒液の臭い、慌ただしく働くスタッフの雰囲気は一緒だった。

癌が見つかった時にはすでに脳やら肺やらあちこちに癌が飛んでいて、到底手術できる状態ではなかったそうだ。母は何度も入院し、薬を投与されることを繰り返していた。長い闘病歴だった。記憶の母は、いつも病院のベッドに腰掛けていた。

――お母さん、大丈夫？

俺は母親が、風邪か何かの病気で入院していると思っていた。いつになったら家に帰ってくるのか、母親の作ったグラタンが食べたい、と騒いで困らせた記憶がある。

俺がまだ子供で、母の病状をよく理解していなかったのもある。だがそれ以上に、母親が俺に心配させまいと、気丈に振る舞っていたのだろう。

小学校で給食の揚げパンが美味しかった、算数のテストは満点だった、ドッジボールですぐに狙われて嫌だ——小学生の戯言としか言いようのない内容を、母は随分と楽しそうに聞いていた。俺の友達の名前は全員覚えていたのではないかと思う。

だが、病室のテーブルにはいつも本が置いてあった。相続や保険に関わるもの、生と死に関わる哲学的なもの。俺が病室にいる時はそういった本は部屋の隅に追いやられていたが、見舞いに行くたびに本の冊数は増えていた。

子供には見せないようにしていただけで。

母はきっと、死ぬほど死ぬことが怖かったのだろうと思う。

その日も俺は母の見舞いに行った。俺の頭を撫でる母を見上げながら、折れそうなくらいに腕が細いことに驚いた記憶がある。

「抗癌剤という、悪い細胞をやっつける薬を使います」。部屋にやってきた医者は、そう言って点滴の準備をしていった。白衣を着た長身の男はメガネをかけた怜悧な顔立ちで、いかにも切れ者という風だった。初めて見る医者の姿はとても大きく感じられて、そしてどこか恐ろしかった。

母は随分と具合が悪そうだった。父は心配していたが、俺は能天気に「病院の売店で羊羹を買って欲しい」なんて騒いでいた記憶がある。俺はあの透き通る黒色をした、宝石のような食べ物が昔から好きだった。

羊羹を平らげたあと、俺は母の病室で本を読んでいた。小学生向けの文庫本で、ドジな新米医者が難病患者と触れ合い、医者として成長していく——という内容だったと記憶している。

——光一郎はお医者さんになりたいの？

母は俺の顔を覗き込んで言った。俺は首を縦に振る。

——悪い仕事じゃないよね。ちょっと地味だけど。

まったくクソガキとしか言いようがないコメントである。母は苦笑していた。

——光一郎がお医者さんになったら、お母さんを治してね。

——まあ考えてあげてもいいよ。

——それまで、頑張って元気でいないとね。

俺は母の病室の片隅でじっと本を読み続けた。主人公が患者の女の子の治療に成功して退院を見送るシーンで、物語は終わっていた。まあ悪くないストーリーだったな、と偉そうなことを考えながら、俺は本を閉じる。

母はいつになったら退院するのだろうか。そんなことを、ぼんやりと思った。

窓の外を見ると、いつの間にか夕陽が差し込んでいた。そろそろ帰る時間だ。もうじき父親も迎えに来るだろう。

——お母さん。帰る前にもう一個羊羹を食べたい。

二本目の羊羹を要求した俺に対して、母は返事をしなかった。聞こえなかったのかと思い、俺はもう一度声を投げた。

——ねえ、お母さん。

やはり返答はない。母は目を閉じていて、眠っているように見えた。俺はベッドに歩み寄り、母の体を突っついた。起こしてびっくりさせようと思ったのだ。

だが母は反応しなかった。そこに至ってやっと、俺は母の様子がおかしいことに気づいた。

——……お母さん？

モニターのアラーム音が響いた。病室の扉が開き、医者や看護師が血相を変えて部屋に入ってくる。

——戸島さん、どうしましたか！　聞こえますか！

——採血、血液培養やります！　ＣＴ連絡して！

——血圧低いです、先生！

――敗血症性ショックの可能性がある、外液全開で始めて！　ノルアド、メロペンも！

大人たちが騒いでいる。部屋の隅で立ち尽くす俺の横で、無数の巨人がうごめいている。

母親の周りが人で埋め尽くされる。誰かが俺を抱え上げた。

大丈夫だからね。引きつった声が耳元に響いた。

――採血出ました！

――貧血ありそうだな。MAP4単位！

母親の点滴台に、輸血のバッグが吊るされる。ぽたりぽたりと血が滴る。その赤色から、目が離せなくなる。輸血の血が点滴チューブの中を伝わって母親の体内へ入り込んでいく。

俺は母親の顔に目を向けた。つい数時間前までとは別人のように青ざめて、生気のなくなった顔で、荒い息を繰り返す女が、いた。

俺は部屋の外へと連れ出された。父親の膝に乗せられ、俺は長い時間を過ごした。ガタガタと体が震える。急に込み上げてきた恐怖が、俺の脳髄を芯から揺さぶっていた。

そのまま、母は死亡した。

通夜や告別式の記憶はもう随分と薄らいでいる。だがそれでも覚えていることがある。

黒い服を着た大人たちが、俺たちに順番に頭を下げていく。俺たちも応じて目を伏せる。これを繰り返す。壊れた機械のように何度も、何度も。

京たち親子も来ていた。京はうちの母親に懐いていて、告別式の間ずっとべそをかいていた。俺よりもよっぽど悲しそうだった。涙と鼻水を垂らす京を、俺は遠い目で眺めていた。

親が死んだ。頭では分かっていても、どこか現実味がなかった。

棚に飾られた写真の中で、母親が笑っている。俺が小学校に入学した時の写真だ。

——お母さん、死んじゃったの。

——ああ。

——もう会えないの。

——そうだ。

父親は固い顔で、短い返事だけをした。

人はいつか必ず死ぬ。死んだら二度と会えない。

いくら小学生とはいえ、その程度の知識は無論あった。だが死というものの暴力性、抗（あらが）いがたさを腹の底から痛感したのは、それが初めてだった。

家に帰ったあと、俺はベッドの上でぼんやりと天井を眺めていた。何をする気もしなかった。普段は風呂に入れ部屋の掃除をしろ算数のドリルを解けゲームをするなと口うるさい父親も、今日ばかりは何も言わない。隣の部屋で、父親がすすり泣いている音が聞こえた。

今際（いまわ）の際の母を思い出す。滴る輸血や、シリンジに溜まる動脈血を思い出す。息が荒くなり、目の前が蜃気楼（しんきろう）のように歪（ゆが）んだ。突然どうしようもなく震え出した手に、俺自身が戸惑った。

――光一郎がお医者さんになったら、お母さんを治してね。

――まあ考えてあげてもいいよ。

――それまで、頑張って元気でいないとね。

あれが、最後の会話だった。嗚咽（おえつ）の混じった呼吸を、俺は何度も喉から絞り出す。

人はいつか必ず死ぬ。死んだら二度と会えない。

ふと机の上に置きっぱなしの本が目についた。先日母親の病室で読んでいた、新米研修医の物語だった。柔らかいクレヨンのような筆致のイラストで、白衣を着た青年が表紙に描かれている。

その白衣姿が、どうしてか目について離れない。

――光一郎がお医者さんになったら、お母さんを治してね。

母親の声が、頭の中で何度も繰り返し聞こえた。

母親はもはや生き返らない。だがこれからの患者を――母親と同じような運命をたどる人を、一人でも減らせるのなら。

医者になりたい。

母親の死以来、俺は二つのものを手に入れた。

医者になりたい、という夢と。

血が怖くて仕方ない、という体だ。

医者になりたい。

その呪（夢）が、今でも俺を突き動かしている。

＊＊＊

目を覚ますと、外来診察室の古ぼけた天井が目に入った。

「おはよう」

つっけんどんな声が聞こえる。振り向くと、診察室の椅子に深くもたれかかった漆原先生が、湯気の立つカップラーメンにかやくを注ぎ入れている。

「病室で倒れるとはね。迷惑な医学生もいたもんだ。君、あとで師長に謝りに行った方がいいよ」

その言葉を聞いて、俺は自分がどうしてここにいるのか——何をやらかしたのかを思い出した。

（村山さん……）

突然の大量下血。村山さんの血を見て失神し、ここに運び込まれたということだろう。

「君、何かあったのか」

漆原先生の短い質問。俺はゆっくりと上半身を起こし、首を傾げた。

「君のソレは血が苦手とかどうとかっていうレベルじゃないでしょ。どう見ても異常だ」

カップラーメンを啜り出す漆原先生。俺は長い間黙り込んでいた。漆原先生が一通り麺を食べ終わり、スープを飲み出した頃、俺はようやく口を開いた。

母親が十年前に死んだこと。

俺の目の前で急変したこと。

その時に見た血の色が忘れられず、今でも思い出しては怖くなること。

そして、それ以来ずっと、医者になりたいと思っていること。

「フン……」

俺の話を聞き終わり、漆原先生は鼻を鳴らした。椅子を回して向き直る。

「戸島。寝覚めにこんな話をするのも悪いけどさ」

漆原先生の声は低く、冷たかった。突き放すような声音だった。

「やっぱり、君に医者は無理だろう」

息が詰まる。俺は必死に言葉を絞り出した。

「今回は……たまたま、体調が悪くて」

「その言い訳、何回繰り返せば気が済むんだ」

にべもない。俺はうつむいた。

漆原先生は淡々と続けた。

「心的外傷後ストレス障害の可能性もある。患者を救いたいという志は立派ではあるけど、君はまず、君自身の心配をした方がいい」

漆原先生は立ち上がった。カップラーメンの容器を水道で軽くすすぎ、ゴミ箱に突っ込む。

「君がやるべきことは精神科の受診としかるべきカウンセリングを受けることであって、なれもしない医者にいつまでもこだわってることじゃない」

「そんな、ことは」

「医者を目指す限り、同じようなことを繰り返すよ。今のまま、一生耐えて、周りに迷惑をかけ続ける気か」

俺は反論できなかった。

そっと顔を上げる。漆原先生と目が合った。氷のような視線が俺を射抜く。背筋の凍る思いがした。俺は反射的に顔を背けた。

「もう来なくていいよ。あの患者――村山さんの担当からは、外しておくから」

漆原先生はゆっくりと診察室から歩み出ていった。扉が閉まる音が響く。静かな診察室の中に、俺だけが残された。

波場都大学医学部附属病院はその名の通り波場都大学に附設されており、キャンパスの最奥に病院と研究棟がいくつも連立する形となっている。大学からの帰り道、法学部や工学部の建物を眺めながら、キャンパスの中を歩いて寮へと戻るのが常だった。

ぼんやりと歩を進める。波場都大学は都会の中心部に位置する割に緑豊かであり、キャンパスの中は種々雑多な樹木を見かける。特に多く植えられているのは銀杏だ。古風な建物の両脇に花を添えるように黄金色の葉が揺れている様子は写真を撮りたくなるくらいに綺麗だが、一方で落下した銀杏の悪臭に閉口するのもこの時期である。

数多くの学生とすれ違う。男女数人で和気藹々とはしゃぐ者も、ヘッドホンをして俯いて早足で歩く小柄な女も、サッカー部のユニフォームからよく日焼けした肌を覗かせる男もいる。

よく晴れた日だった。降り注ぐ日差しが、周囲を行き交う学生たちの仄かな笑顔が、まるでテレビ画面を介して見ているかのように現実味に乏しく感じた。

この中の何人が、死について考えたことがあるだろう。俺たちは百年後にはこの世からいなくなって、何も感じず、何も考えられなくなっていることを、どう思っているのだろう。

（村山さん）

さっきの光景――大量に垂れ落ちた血便や血の気の失せた村山さんの顔が脳裏に浮かぶ。視界を埋め尽くした真っ赤な血液は、思い出しただけで失神しそうだった。

肺炎があれだけ悪くなっている中での大量下血。何が原因だったのだろうか。実は癌が隠れていた？ ウイルス感染による腸炎を合併した？ 分からない。一つ言えるのは、この状況下での大量下血は文字通り致命的だということだ。村山さんに残された時間は、もう数日単位にまで減っているかもしれない。

俺が医学部に入ってからしばらく経つ。人体の骨と筋肉の付き方から、最新の治療薬まで、内容は多岐にわたった。だがそれらはいずれも病気の治し方や健康な人体の仕組みなど、「生きた人間」にまつわるものばかりだった。

村山さんのような、死にゆく人にどう接すればいいのか、なんてことは教えてはもらえなかった。

死は人の数だけある。家族に囲まれて老衰で安らかに亡くなる人もいれば、癌性疼痛で悶えて長い闘病の末に死ぬ人もいる。心筋梗塞である日突然世を去る人もいる。

村山さんは、自分の死をどう思っているのだろう。

俺に、何ができるのだろう。

大学の寮に戻る。すでに夜遅く、消灯された廊下に人気はない。部屋に戻り、ベッドの上に横になる。シャワーを浴びたり明日の授業の準備をしたりしなくてはいけないが、体がどうにも動かない。真っ暗な部屋の天井を、俺はじっと見つめ続けた。

——君に医者は無理だろう。

漆原先生の言葉が、何度も頭の中で繰り返し反響する。

医者になるな、向いてない。何度も言われてきたことだ。血を見て倒れるたびに、ある人は俺を心配して、またある人は俺を馬鹿にして、口々にそう言ってきた。

今に始まった話じゃない。この程度で俺の心は折れない。

そう思っていたのに。どうしてか、漆原先生の言葉は俺の胸に突き刺さって抜けなかった。涙が目の端から溢れそうで、俺は抗うように目を閉じる。

その時、部屋の扉がガチャガチャと音を立てて開く。ひょこりと顔を覗かせたのはジャージ姿の京だった。

「光一郎、ピンクの蛍光ペン貸して……って何してんの、あんた」

ベッドの上でダンゴムシのように丸まる俺を見て、京が怪訝そうな顔をする。じーっと俺を見つめたあと、

「そういえば、今日あんた、漆原先生のところ行ってたんだっけ」

俺は返事をしなかった。京は小さく鼻を鳴らしたあと、俺から視線を外した。

京の顔をぼんやり見る。思えばこの女とも長い付き合いである。知らず、俺の口が動いた。

「なあ、京」

「蛍光ペンどこにあんのこれ」

京は俺の声に頓着せず机の引き出しの中をガサガサやっている。傍若無人とはこういう女のことを言うのだろう。

京の後ろ姿を見ながら、俺はぼんやりと考える。

（……ずっと勉強ばっかりしてきた）

多分、俺は座学には向いている人間なのだろう。一日中机の前に座っていても苦ではないし、新しいことを勉強するのは楽しい。医学に限った話ではなく、いわゆる「お勉強」で俺は困ったことがない。

だがそれは医者への適性があることを意味しない。俺自身が誰よりも痛感している。

座学がしっかり身についているのは必要条件の一つに過ぎない。医者とは医学を頭に詰め込むのではなく、患者を治す仕事なのだから。

俺は医者に向いていない。

「――なら、今更どうしろってんだよ」

乾いた笑いが口からこぼれる。

母が死んで以来、医者になるという目標に向かって突き進んできた。脇目も振らなかった。だが今、その足元が崩れて落ちようとしている。

思えば勉強ばかりして他のことを知らないままだ。だが、少し別のことにも目を向けてみた方がいいかもしれない。

俺は相変わらず泥棒のように机をひっくり返している京に目を向けた。

「京。ちょっと相談があるんだが」

「なに？」

顔を上げないまま返事をする京。俺は少し悩んだあと、おもむろにある提案をした。

式崎京は筋金入りの甘党である。俺と一緒に銀座へと赴いた京は今、とあるフルーツパーラー入り口で鼻息を荒くしている。激戦に赴く武士の声音で、

「光一郎。……確認したいんだけど」

「なんだ」

「マジで奢りでいいのね」

「おう」

　獲物を前にした肉食獣のように京の瞳が爛々（らんらん）と輝く。黙って立っていればモデルと言い張れそうな容姿の京だが、残念ながらその口の端から涎（よだれ）が垂れそうになっている。

　京をフルーツパーラーに誘ったことに深い意味はない。なんとなく医学から離れたことをしたかったのだ。それに、

（普通の大学生らしいこと、全然してこなかったからな）

　女の子と遊びに行く、なんていうのは世間における最も一般的な大学生アクティビティの一つだろう。その相手が式崎京（この女）というのが残念なところだが、身近に俺と出かけてくれそうなのがこいつしかいない以上はやむを得ない。医学部の式崎京といえば他学部にまでその名を響かせる才色兼備の才媛と評判らしいが、俺にとっては食い意地の張った幼馴染（おさななじみ）である。我々の間に恋愛感情が生じることは未来永劫（えいごう）ないだろう。

　白を基調としたテーブルや椅子はフランスの宮殿のように小洒落ていて、フォークやナイフはぴかぴかに磨かれて顔がくっきりと映る。慣れない雰囲気の中でおっかな

びっくりいくつか注文をすると、店員さんは恭しく一礼して去っていった。ほどなくスイーツが運ばれてくる。

「なあ、京」

「話しかけないで。集中してるから」

大量のケーキやパフェを前に京は大変な勢いでフォークを動かしている。こんもりと小高い丘を形成するスイーツの大群を見ながら、果たしてクレジットカードの上限額に引っかからないだろうかと不安になるが、今更「やっぱ割り勘で」とはなかなか言い出しづらい。

このフルーツパーラーはかなりの人気らしく、今日来店できたのは相当な僥倖(ぎょうこう)らしい。俺もせめて何か食べようとメロンケーキに手を出してみる。確かに美味(うま)いが、京がここまで血眼で食い漁(あさ)るほどの妙味かと言われるとよく分からない。

周りには他にも男女連れが何組かいて、どのカップルもキャッキャウフフと楽しそうに話している。貪るように甘味を腹に詰め込んでいるのは京だけだ。俺は世間話を試みる。

「京、この間の試験は――」

「ふぃふぁ、ふぉれふぉふぉろふぁふぁい」

口をハムスターみたいにしながら京が返事を寄越す。この女は誰の金で高級スイーツを食べていると思っているのだろう。

仕方がないので京がケーキを貪り終えるのを待つことしばし、満足げな顔でうっとりとため息をつく京を前に、さて改めて会話を再開するかと俺は口を開く。

「ところで京、最近は――」

「あ、食後のコーヒーも頼んでいい？」

俺の返事を聞く前に京はコーヒーの注文をするべく店員さんを呼び止めていた。無論このコーヒーも俺の奢りなのだろう。あまりのふてぶてしさに俺はいっそ感心した。

「で」

京は澄ました顔でコーヒーを飲んでいる。

「何があったわけ」

俺は瞬きを何度か繰り返したあと、言葉に悩んで黙り込んだ。京が呆れたように首を振る。

「どーせ、漆原先生に『お前は医者に向いてない』って言われて凹んでるんでしょ」

「……誰から聞いたんだお前」

「顔見れば分かる。あんたは相当、分かりやすい」

京は半目になって嘆息した。見透かされているようでどうも俺は尻の座り心地が悪い。

「向いてるか向いてないかで言えば、どう考えても向いてないでしょ。採血のたびに失神してるようじゃ、患者がかわいそう」

ぐうの音も出ない。俺はふて腐れて椅子に深くもたれかかった。

「今更じゃないの、そんなの」

京が言葉を続ける。

「向いてないって言われて、はいそうですかって納得すんの？」

「それは――……」

できるわけがない。俺は医者になりたいのだ。そう簡単に納得なんてできない。

だがそんな俺の感情論を抜きにして、この体は医療に拒絶を示す。ならばもう、どうしようもないのではないか。

俺は俯いた。京はガムシロップをコーヒーに三個くらい突っ込んだあと、「こういうところはコーヒーも美味しいなー」なんてうっとり顔を緩めている。

「あんたは飲まないの？」

「あ……いや、俺は」

まごついた返事をする俺。京はやれやれとばかりに首を振った。

「そんなに患者さんが気になるなら、ほら、行ってきなよ」

京はシッシッとフォークを振った。

「行きたいんでしょ」

長い間、俺はじっと握りしめた拳を見つめ続けた。そののち、ゆっくりと頷く。

「……ああ」

京は目を細め、小さく笑った。

「ホント、あんたは昔から世話が焼けるね」

京は呆れたように肩をすくめ、

「私、お財布持ってないから現金貸して」

「世話が焼けるのはどっちだ」

俺は苦笑いしながら立ち上がった。再びケーキや果物の山を前に目を輝かせる京を尻目に、俺は一足早く店を出た。


「何しに来たの」

村山さんの病室には何人もの医者と看護師が集まっていた。部屋に入ってきた俺を見て、漆原先生は目を忌々しげに細めた。俺はごくりと唾を飲み、そのまま部屋の中に歩み入った。何人もの視線が俺に集中する。

村山さんはベッドの上に横になっていた。入院後どんどんやつれるばかりだった顔はいよいよ生気がなくなり蒼白（そうはく）になっている。呼吸は浅く、早い。カラカラに乾いた指先はぴくりとも動かない。顔の前に装着したマスクから酸素が吹き出す音が聞こえる。モニターが示す心電図やSpO2（酸素飽和度）の波形は弱々しく、誰が見ても臨終の瞬間が迫っているのは明らかだ。

「君はもう、この患者の担当から外したはずだけど」

「私が入れた」

俺の後ろから、ひょこりと学部長が顔を出す。学部長は俺の肩にポンと手を置いた。

漆原先生は大きな舌打ちをした。

「三剤併用療法も、血漿（けっしょう）交換もＪＡＫ（ジャック）阻害薬もＲＴＸ（リツキシマブ）も不応だった。もはや終末期（ターミナル）。意識もはっきりしない」

漆原先生が鋭く俺をにらむ。

「君に何ができる」

俺は唾を飲み、答える。

「……何もできません」

フン、と漆原先生が鼻を鳴らす。俺は続けて言った。

「でも、約束したんです。最期まで隣にいるって」

村山大作はほどなく死ぬ。もはや避けようのない未来だ。

俺はただの医学生だ。非力で不勉強で、おまけに血が怖くてたまらない、出来損ないの大学生でしかない。

それでも、託されたのだ。最後の願いを。

なら応えなくてはいけない。約束を守らなくてはいけない。

俺が、本当に医者になるのならば。

ここは逃げてはいけない。

「……好きにしな」

漆原先生は忌々しそうに髪をいじりながらそっぽを向いた。俺は頭を下げたあと、

村山さんのベッド横に歩み寄った。

「村山さん。分かりますか。戸島です」

声を掛ける。返事はない。もう一度名前を呼ぶ。

「村山さん」

その時、ぴくりとまぶたが動いた。毛糸一本分、ほんのわずかだけ、しかし確かに村山さんの目が開く。

「……ああ」

か細い声が聞こえる。唇が震える。何かを喋（しゃべ）ろうとしているのか。俺は村山さんの口元に耳を寄せる。

「ありがとうな」

村山さんが咳き込む。モニターが再びアラームを鳴らす。俺は必死に耳に全神経を集中させる。

「糧にしろよ。——センセイ」

俺は目を見開いた。看護師さんたちが邪険に俺を追い払う。吸痰（きゅうたん）や体位の調整が始まり、部屋の隅っこに追いやられても、俺は棒立ちになったまま動けない。

この部屋の誰にも聞こえなかっただろう。俺だけが聞いた、村山さんの言葉だ。

糧にしろよ。センセイ。

胸が脈打つ。目の端から涙がこぼれそうになる。

先生と呼ばれたのは、生まれて初めての経験だった。

深夜の外来に人気はない。漆原先生は湯気の立つカップラーメンを片手に、すとんと椅子に座り込んだ。

「何度やっても疲れるね。看取りってのは。……」

数時間前、村山さんは亡くなった。五十八歳だった。

遺体への献花をするのは初めての経験だった。棺桶の中で眠る村山さんの顔は――俺の自己満足、あるいは身勝手な空想でしかないかもしれないが――穏やかで満ち足りたような表情だった。

漆原先生がカップラーメンを啜る音が響く。

「医者にとって、患者の死ってのは日常だからさ。この歳になると、いちいち感慨を持つ余裕もない」

俺は頷いた。当たり前の話だ。

病院や診療科によって違いはあるとはいえ、多い場所だと一人の医者が二、三十人を受け持つこともある。それが自己免疫疾患の患者ともなれば、重病・難病の類も多いだろう。どうしたって亡くなる人は出てくるはずだ。

漆原先生は思い出したように言った。

「そういえば、君に荷物が届いてるよ」

部屋の隅に積まれた段ボールを指差す。堆く積まれた見慣れない箱に俺は首を傾げる。

「なんですかこれ」

「見てみれば分かる」

そっけない口調で漆原先生は言った。俺は段ボールの蓋を開き、

「うぉっ」

思わず変な声をあげた。

段ボールの中に詰まっていたのは大量のエロ本だった。セクシーなポーズをとったお姉さんが何人もこちらへと微笑んでいる。視界を埋め尽くす卑猥な肌色に俺は目の前がくらくらした。

「村山さんからだってさ。君に渡してくれということらしい」

「要らないです」

「照れないでいいよ」

「いや、本当に心底要らないんですが……」

こんな山のようなエロ本、部屋の中に仕舞い切れない。だが漆原先生はニヤニヤと笑いながら、

「故人の希望だよ。無碍にするのは医者としてどうかと思うけど」

「こんな時ばっかり俺を医者扱いしないでください」

「あれ、医者になりたいって言ってなかったっけ」

俺は額を押さえ、深々とため息をついた。仕方がない、遠藤あたりに手伝ってもらって部屋に搬入するとしよう。

一気に疲れてしまい、俺は壁にもたれかかった。ふと横を見ると、漆原先生はじっと俺を見ていた。

「人間はいつか必ず死ぬ。今にも死にそうな人たちを、どうやって送り出すか。何が良い死に方なのか。私にも分からない。けれど……」

漆原先生はいったん言葉を切る。そして、

「あの患者に一番寄り添ったのは、君かもしれないね」

俺は目を見開いた。漆原先生と足元の床との間で、何度も視線を往復させる。声になり損ねた呼吸を何度か繰り返したあと、

「……ありがとうございます」

「嬉しそうな顔するね、戸島」

漆原先生はカップラーメンを貪る作業に戻った。

「――あ」

俺は窓の外でちらちらと白い燐光が輝いているのに気づいた。雪が降っていた。

俺の部屋は波場都大学に併設された寮にあり、時々宅飲みと称して同級生が部屋に押しかけてくる。

部屋の隅に山積する猥褻な書籍の数々を見て、ある者は感嘆の吐息をもらし、ある者は寮中に響き渡るバカ笑いをした。また、我が幼馴染たる式崎京は土曜朝の路傍のゲロを見るような目で俺を見ていたことも、申し添えておく必要があるだろう。

「遠藤。お前、毎日のように俺の部屋に来てエロ本を読み漁るのはそろそろやめたらどうなんだ」

「ちげーよ。友達が少ないお前のために、毎日飲みに来てやってんの」

イヤらしい笑みを浮かべつつ、俺のベッドの上でエロ本を貪り読む遠藤。俺は呆れながら部屋の隅に座る。ふと横に目をやると、エロ本の山が目についた。

(――村山さん)

不思議な気持ちだった。つい数日前には言葉を交わしていた相手だというのに、もうこの世のどこにもいない。耳を澄ますと、今でもあの笑い声が聞こえてくるような気がするのだが。

寂しい、とは思わない。彼が遺していったものは、確かにここにある。

（ま、遺したって言っても、エロ本なんだけどな）

ベッドでゴロゴロしている遠藤が、エロ本から目を離さないまま言う。

「それより飲もうぜ。酒ないの？」

「お前は本当に図々しいな」

俺は部屋の隅に置かれた日本酒を手に取った。実はこの酒、生前の村山さんがわざわざ贈ってくれたものだ。なかなか高級な品らしく、飲むのを楽しみにしていた。

ずっしりとしたガラス瓶には、マジックで汚い字が書かれている。

——未来の先生へ。　村山大作

第四章　幼馴染・式崎京の急変

俺が現在居住している寮は玄関を入ってすぐのところにリビングがあり、時々他の寮生と一緒に食事をしたり勉強したりというイベントが発生する。正月も明け、ぼちぼち実家から帰ってきた連中で寮が賑やかになってきた頃のことだ。寮生の一人が田舎からお土産の蛸（たこ）を大量に持って帰ってきたので、みんなで集まってたこ焼きパーティーを催していた。

参加しているメンバーは合計で十名程度、その中には京や遠藤の姿もある。テーブルに置かれた鉄板の上から、たこ焼きたちが焼き上がる良い匂いが漂っていた。

「光一郎。たこ焼き取って」

ずいと俺に皿を渡す京。

「お前な、自分の分くらい自分で取ったらどうなんだ」

「あ、私そのちょっと大きいやつがいい」

「聞けよ」

俺の苦言もどこ吹く風、京はマイペースにたこ焼きをひっくり返して遊んでいる。

俺は仕方なく数個皿に取り分け、京に献上した。

たこ焼きを熱いまま頬張ったせいで涙目になっていた遠藤が、ホフホフとたこ焼きを口の中で冷ましながら俺に顔を向けた。

「戸島は帰省したんか？」

「ああ。正月の間はな」

「へえ。京ちゃんも？」

「うん。光一郎と一緒に行ってきた」

京はたこ焼きをソースとマヨネーズまみれにしながら答えた。遠藤が目を丸くする。

「一緒に帰省かよ。さすが幼馴染」

「家が近いから、自然と新幹線も一緒になるだけだ。好き好んで一緒に帰ったわけじゃない」

「へえー」

遠藤がニヤニヤと笑う。この男のことだ、どうせ俺と京の間柄に関して下衆(げす)な勘繰りをしているのだろう。俺は口を曲げた。

「言っておくが、お前が思うようなことは何もないぞ」

「そーかそーか。分かった分かった」

この口ぶりは絶対に分かっていない。

遠藤はテーブル上のたこ焼き機に目をやった。いつの間にかあれほど大量にあったたこ焼きはすっかりなくなっていた。

「たこ焼きもはけたことだし、そろそろデザートでも食おうぜ。俺も実家からみかんを持って帰ってきたんだ」

遠藤は立ち上がり、部屋の隅に置かれた段ボールをガサガサやり始めた。京が小さく手を振る。

「私はいいや。パス」

「食わないのか？」

俺は意外な心持ちがした。この女の食い意地の張りっぷりは筋金入りなのだが、今日はどういう風の吹き回しだろうか。

京はお腹をさすりながら、

「なんか今日はお腹いっぱいになっちゃった」

「体調が悪いんじゃないのか」

「んー……。大したことないと思うんだけどなー……」

京は不思議そうに首を傾げ、流し台で皿を洗ったあと、すたすたとリビングを後にした。その様子を訝しく見つめていた俺だが、

「おーい、戸島。みかんが有り余ってるんだ、お前も食ってくれ」

「ん、ああ。悪いな」

遠藤に促され、テーブルに置かれたみかんの山へと手を向ける。俺はみかんの皮を剝く作業へと没頭した。


アレルギー・膠原病内科の外来診察室の一角は漆原先生が私物化しているのは有名な話であり、放っておくと三日で医学書と論文が山をなしカップラーメンの器と割り箸が床に散乱する。再三にわたる注意を受けても漆原先生はどこ吹く風のようで、今日もずるずると醬油豚骨味のラーメンを啜っている。

「あの生活じゃいつか病気になりそうよねえ」

外来看護師の内田さんはそう言って眉をひそめた。彼女は漆原先生の外来につく都合上、最近顔を合わせることが多い。たまに漏れ出る方言が可愛い京都美人である。

「戸島くんもお疲れ様。いつも掃除大変でしょ」

内田さんは気の毒そうな顔をして俺を見る。「もう慣れました」と苦笑いを返す。

漆原先生はカップラーメンを啜りながら言った。

「その子は私の部下だよ。勉強しに来てるんでしょ、コキ使われて当たり前」

「パワハラですよ、それ」

相変わらずカップラーメンをズルズルやっている漆原先生に厳しい目を向ける内田さん。いいぞもっと言ってくれと俺は心中で応援を送る。最近いよいよ漆原先生の人使いが荒くなっており、労働環境の是正は急務だった。

内田さんもちょうど休憩の時間に入ったらしく、俺たちは一緒に診察室を出た。道すがら内田さんに、

「クッキー好き？」

と言われ、ありがたく院内カフェでお菓子を買ってもらう運びとなった。この親切な看護師さんは時々こうしてお菓子やジュースを奢ってくれることがあり、気分は餌付けされているペットである。

「戸島くんはこれから授業？」

「はい」

「大変ねえ……。大変だったら遠慮なく言わないと駄目だよ」

「勉強になってます、大丈夫です」

うんうん、と菩薩のような笑みを浮かべて内田さんは頷いた。

「漆原先生、ずっと病院にいるよね。ちゃんと帰ってるのかな」

「怪しいですね。時々医局で夜を明かしているフシがありますし」

「ご飯もカップラーメンばっかりだよね。体壊しそう」

内田さんはぽつりと言った。

「仕事ばっかりしとって、心配やなぁ」

確かに、と俺は頷く。

そう言われると、漆原先生が病院外でどんなふうに過ごしているのか、俺はまるで知らない。どんな趣味があって、どんな友達がいるのか、全く見当がつかないのだ。

(そもそもあの人、友達いるのか)

俺は漆原先生が友達とカフェでダベったり、デートでちょっと良いレストランに行ってオシャレなトークに花を咲かせるところを想像した。凄まじい違和感で、俺は思わず鳥肌が立った。

(漆原先生って、仕事以外は何してるんだろう?)

その疑問が、不思議と頭に残った。

波場都大学医学部の授業が行われるのはキャンパスの片隅に位置するオンボロ校舎であり、得体の知れない研究室からなんとも言えないマウスの体臭が漂ってくる。扇状に広がる座席に三々五々学生が着席し、教壇に立つ男の話を聞いている。今日の学生の出席率はざっと八割、かなり高いと言えるだろう。それだけみな学習熱心――というわけではなく、今日の講師が学部長である都合上、欠席して目をつけられるとマズいという打算的事情が大半である。現に学部長が熱く免疫疾患の機序について語る中、多くの学生は興味なさそうにこっそりスマホをいじるかあくびを噛み殺すかしている。

(あの人も忙しいだろうに)

俺は教壇に立つ学部長を眺め見た。以前の面談で漆原先生を紹介された時以来、折に触れて顔を合わせるようになった。医学部教授、ましてや学部長まで上り詰めたとなるとバイタリティに溢れる仕事の虫を想像するが、うちの学部長はどちらかというと摑(つか)み所(どころ)のない飄々(ひょうひょう)とした好好爺(こうこうや)である。ただやはり業績は凄まじいものがあるようで、論文検索サイト(パブメド)で彼の名前を調べた時は錚々(そうそう)たる一流科学誌の名前が揃(そろ)い踏(ぶ)みしていて腰を抜かした。

「本来は生体を守る守護者である免疫が、どうして暴走して自己免疫疾患を発症するのか――この問いは、まだ人類の誰にも答えることができません」

医学部長は教壇に立ち、滔々と言葉を続けた。

「ある人はＤＮＢ細胞(ダブルネガティブビー)が悪いと言うし、とある口腔(こうくう)内細菌や腸内細菌が諸悪の根源とする考えもあります。ウイルス感染を契機に発症するという見方も根強い。だがどれも定説となるには至らないのです。自己免疫疾患の原因は〝分からない〟。これが実情と思います」

俺の隣に座る遠藤が「おっ」と小さな声を上げた。見ると彼はスマホゲームに精を出しており、どうやらガチャでレアキャラを引き当てたらしい。他の学生も似たり寄ったりで、まともに話を聞いている者はごく少数だった。

だが俺はどうしてか、学部長の言葉に引き寄せられていた。

「自己免疫疾患はある日、天災のように降りかかります」

学部長はいったん言葉を切り、

「時々、患者に尋ねられることがあります。『どうしてこんなことになってしまったんですか』――と。私は今も、この質問にどう答えるべきか、悩みます」

そう言って、授業を締めくくった。

講義が終わり、学生たちが蜘蛛の子を散らすように教室からはけていく。俺もリュックサックに荷物をしまいながら、

（……あれ？）

ふと引っ掛かりを覚え、周囲を見回す。今日の講義は学部長がじきじきに教壇に立つもので、欠席がバレると単位取得に陰を落とす。

それなのに、教室の中には式崎京の姿がなかったのだ。

（珍しいな）

学業に対しては真面目な女だ、授業をサボるようなことはないはずだが。外せない用事でもあったのかな、なんてことを考えながら、俺は教室を後にした。

「京ちゃん？　そう言えば、確かに最近見ないな」

昼休み、学食の片隅でカツ丼をかき込みながら、同級生の遠藤は首を傾げた。遠藤は俺に箸先を向けた。

「戸島、お前は何か聞いてないのか」

「特に何も」

「ふーん……。まあ、お前が知らないんだったら、誰も京ちゃんの行き先は知らない

だろうな」

「なんだそりゃ」

「だって仲良いじゃん、お前ら」

「そうか？」

京が時々披露する馬糞（ばふん）を見るような視線を思い出し、俺は首を傾げた。

「付き合ってるのか」

「まさか。ありえん」

想像しただけで背筋がゾワゾワする。あの女は生意気な親戚みたいなもので、恋愛対象にはなり得ない。京も同様だろう。遠藤はモサモサとカツを咀嚼しながら、

「そっか。それなら今度、俺と一緒に合コンでも行くか？」

テーブルの上に身を乗り出し、にまりと笑う遠藤。俺はしばし考え込んだ。特に彼女もいないし、合コン自体には大いに興味がある。だが、しばらくして俺は首を横に振った。

「いや、今はいい。勉強もしなきゃいけないしな」

「オイオイオイ、マジで言ってんのかお前？　クソ真面目にも程があるぞ」

遠藤は大袈裟（おおげさ）に仰（の）け反（ぞ）った。

「俺はまだ学生だ。そういうのは、医者になった後でも良いだろう」

「甘い！　甘すぎるね。生化学のテストの採点より甘い」

遠藤はドンとカツ丼の器をテーブルに置いた。

「いいか？　学生時代に知り合った相手と結婚する医者も多いんだ。優良物件はどんどん売れていくぞ。モタモタしてると、気づいたら周りに独身は自分だけ、なんて状況になりかねん」

「お、おう」

「研修医がモテるなんてのは幻想だぜ。この間は研修医の先輩と合コンに行ったんだけどさ、なんと大学病院からの手取りは月十万だとよ。借金して生活してるってさ」

「噂には聞くが、大学病院の研修医ってのは本当に給料安いんだな」

医者といえば金持ちというイメージがあるが、実はこれは間違っていて、正確には「儲かっている医者はトコトン儲けているが、貧乏な医者はコンビニバイト以下の給料で昼夜を問わず働いている」というのが正しい。左うちわでウハウハなクリニック経営者もいれば、大学病院で寝る間もなく働いているのに雀（すずめ）の涙程度の給料しかもらっていない医者もいる。

「先輩の手取りを聞いた瞬間さ……こう、合コン相手の女の子たちのテンションがスーッと下がってくのが分かったのよ……ラインも返信ないし、多分ブロックされてる」

俺は深く同情し、遠藤の肩を優しく叩いた。「とにかく」と遠藤は声を張り上げた。

「戦いはもう始まってるんだ。京ちゃんも案外、彼氏ができてそいつの家に入り浸ってるだけかもしれないぜ」

俺は京が彼氏と仲睦まじく歩いているところを想像しようとした。なんだか現実味がなくて、あまりうまくイメージできなかった。

「……まあ、それならいいが」

モヤついた気持ちを抱えたまま、俺は昼休みを過ごした。


「カップヌードルが食べたい」

外来が終わり、診察室の椅子に深々ともたれかかりながら、漆原先生は唐突に言った。漆原先生はくるりと椅子を回して俺に向き直り、

「というわけで、買ってきて」

「そこにあるじゃないですか」

俺は診察室の奥に堆く積まれたカップラーメンの山を指差した。この診察室から院

内のコンビニまでは歩いて五分ほどかかる、買い出しは面倒だ。だが漆原先生は首を横に振り、

「さてはカップラーメンとカップヌードルの違いを知らないな」

「同じものだと思ってたんですけど、なんか違うんですか」

「君、勉強が足りない。カップラーメンはインスタント即席麺類の総称。それに対してカップヌードルとは日清食品が販売する即席麺シリーズブランドのことだ」

「へぇー」

どうでもいいことこの上なかった。

「カップヌードルはカップラーメンの一種だけど、カップラーメンならばカップヌードルというわけではない。君の言ったことは必要条件と十分条件をまるで理解していない、知性と論理性に欠ける支離滅裂な主張だ」

なんでカップラーメンの買い出しを断っただけでこんなに悪し様に言われなくてはいけないのかと俺は憤慨した。

「というわけで改めて、カップヌードル買ってきて」

「自分で買ってきてくださいよ」

「そんなこと言っていいのかな？　君が進級できるかどうかは私の胸一つだよ？　あ

ーなんだか不真面目な学生を落第させたくなってきたなー！」

耳を疑うような職権濫用をちらつかせる漆原先生。卑劣なパワーハラスメントに対抗すべく漆原先生の上司たる波場都大学医学部長への密告を検討したが、

「あ、漆原先生」

突然診察室に声が響く。ひょこりと顔を覗かせたのは看護師の内田さんだった。

「医局長からですよ」

内田さんは漆原先生に電話を渡した。「厄介ごとだな、これは」と漆原先生は渋面を作り、

「はいもしもーし。……救急車？　今からですか。全身性エリテマトーデス（SLE）疑いの十九歳女性？　そのSLE疑いってのは誰が言ってるんですか。はあ、救急科のオッサンたちがねえ。……分かりましたよ、診ればいーんでしょ」

漆原先生はため息をついて電話を終了した。白衣をばさりと羽織り、

「カップヌードルはあとにする。戸島、ついてきて」

「何かあったんですか」

「救急車。もう病着してる」

つかつかと早足で廊下を歩き出す漆原先生。俺は慌てて後を追った。

救急外来——救急車を受け入れ、初療に当たるため設置されたブースのことだ。横並びに並んだ診察室へはひっきりなしに患者が出入りし、エコー、各種点滴や人工呼吸器が所狭しと廊下に置かれている。

「ちょっと、邪魔」

「あ、すみません」

通りすがりの看護師さんに邪険に手を払われ、俺は平身低頭する。一分一秒を争うような救急疾患を扱うことが多い都合上、ここのスタッフは気が短い人が多いと言われている。

ずかずかと歩く漆原先生の後ろにくっついてコソコソ歩くことしばし、救急外来の片隅に俺たちはたどり着いた。搬送用ストレッチャーの周りには人だかりができていて、

「ガスもう出た？」

「研修医くーん、ルート取って」

「外液一本、落とす準備してね」

何やら騒がしい。青い隊服を着た救急隊や採血の準備をする看護師、慌てて点滴台

を組む研修医や電子カルテに何やら打ち込んでいる救急科医と、人であふれていた。

「んー、ガスは大きな問題ないなー……。培養一通り出そうか」

カルテの前に座り込んだ体格の良い医者が、ひょいとこちらへ顔を向ける。彼は漆原先生を見てパッと顔を輝かせた。

「ん？　お、ひょっとして膠原病内科の先生ですか」

「うん」

ぶっきらぼうに頷く漆原先生。嫌味ったらしいネチネチした口調で、

「救急外来に患者がいるって呼ばれたからね。これから昼ごはんだったんだけど」

「そーなんですよ！　いやーすみませんねー！」

漆原先生の嫌味を意に介さず豪快に笑う救急科の先生。ごっそり毛の生えた腕を組み、

「前医からの紹介状を持ってましてね。十九歳の女の子で、どーも全身性（S）エリテマ（L）トーデス（E）らしいんですわ」

全身性（S）エリテマ（L）トーデス（E）。俺は唾を飲んだ。

代表的な自己免疫疾患である。蝶形紅斑（ちょうけいこうはん）と呼ばれる特徴的な顔の発赤を認め、全身のあらゆる臓器に炎症をきたしうる難病だ。

この病気のタチの悪いところは、十代から二十代の若年者が発症しやすい点だろう。本来病気なんて無縁の生活をしているであろう若者を、ＳＬＥは天災のように襲ってくる。

「抗核抗体陽性、ｄｓ‐ＤＮＡ陽性、蝶形紅斑あり、リンパ球減少や関節炎もあり……ってな触れ込みなんで、こりゃもうＳＬＥかなと。かわいそうに、ここ数日飯も食えてないみたいで、ひとまず入院は必須ですね」

救急科の先生がのしのし歩いてストレッチャーに歩み寄る。彼は患者の耳元に顔を寄せ、

「今ね、膠原病内科の先生も来てくれましたからねー！　ちょっと診察させてください！」

（声でっか）

耳の奥がキンキンする。

続く救急科医の言葉を聞いて、俺は耳を疑った。

「よろしくお願いしますね。式崎さん！」

（……え？）

式崎。それが、患者の名前らしい。

（京？）

そんな馬鹿な、と思わず笑いたくなる。珍しい苗字ではあるが、全くいないわけではない。あの京が、病気とはまったく無縁の食い気だけが取り柄の女が、こんな場所にいるなんて考えられない。

思わず顔が引き攣る。頭に浮かんだ悪い想像を早く否定しようと、俺は漆原先生の後ろから患者の顔を覗き込む。

だが、

「――京！」

血の気の失せた顔で横たわる式崎京を前に、俺は思わず叫んでいた。

救急外来に据え置かれたパソコンの前で、俺はじっと画面を見つめている。

『式崎　京　（しきざき　みやこ）　２００4年2月14日生まれ　女性

主訴：

発熱、関節痛、皮膚の発赤、食思不振

現病歴：

生来健康な十九歳女性。

来院二週間前から全身倦怠(けんたい)感、および関節痛を自覚した。

その後発熱あり近医受診、当初感冒として経過観察の指示あり。しかし症状改善はなかった。

飲水も困難で、入居している寮の廊下で倒れているところを級友が発見し、救急要請した。40℃を超える発熱とＣＲＰ６と上昇あり。

近医採血で抗核抗体６４０倍（speckled）、ｄｓ-ＤＮＡ32と上昇、また来院時は蝶形紅斑(ちょうけいこうはん)と多関節痛を認め、全身性エリテマトーデス(SLE)の疑いで精査加療目的に同日入院となった。

備考：

本学医学部医学科の学生』

電子カルテの画面に表示される京の情報は、膜一枚隔てたように現実感が希薄だった。ふわふわとした気持ちのまま、視線が文字列を上滑りする。

「緊急入院しかない」

俺の後ろから電子カルテを覗き込みながら、漆原先生がのっぺりと口を開く。

「この状態じゃ帰って経過観察は無理でしょう。入院して点滴だね」

漆原先生はちらりと俺を見た。

「知り合いなの」

「……昔からの友達です」

「ふーん。幼馴染で同じ大学に同じ学部か。仲良いね」

「別に。——たまたまですよ」

引き千切った麺のように、言葉が不連続になってしまう。思考がまとまらないまま、俺は呆然とカルテを眺め続ける。

「漆原先生」

「なに」

「全身性エリテマトーデス（SLE）って、治りますか」

「治らない」

漆原先生はいつも通りの飄々とした口調で、俺のすがるような質問を切って捨てた。

「全身性エリテマトーデス（SLE）は一生治療が必要だ。限りなく活動性が低い状態に持ち込めることはあるけど、それもやってみなければ分からない。全身に臓器障害が出て、若くして死ぬ症例も、いまだに見る」

目の前が暗くなった。脳裏をよぎるのは、以前の授業で学部長が言った言葉だった。

——自己免疫疾患はある日、天災のように降りかかります。

分かっていた。知識としては知っていたのだ。自己免疫疾患は理由も脈絡もなく、突然に発症する。

だが、まさか京がその当事者になるとは思っていなかった。

（せめて、一刻も早く病気を良くしないと）

俺は漆原先生に尋ねた。

「治療はいつから始めるんですか」

全身性エリテマトーデス（SLE）はタチの悪い自己免疫疾患の一つだ。だが不幸中の幸いは、京は発症早々に波場都大学に入院できたことだろう。漆原先生は人間性には大いに問題はあるが、医者としての腕の良さは疑いようもない。今からしっかり治療を始めれば、少ない後遺症で社会復帰もできるはずだ。

だが、そんな俺の願いとは裏腹に、

「治療はしない。このまま様子を見る」

耳を疑うようなことを、漆原先生は平然と言ってのけた。

「――は？」

俺は思わず剣呑（けんのん）な声を出した。だがそれはそうだ。全身性エリテマトーデス（SLE）、それもここまで全身状態や採血の値が悪いのに経過観察？　いくら俺が医学生でも、その方針は納得できない。

「待ってください。このまま放っておいたらどんどん弱っていくだけですよ」

「その時はその時だから」

髪をかき上げる漆原先生。信じられない思いで俺は目を見開く。だが漆原先生は面倒臭そうに手を振り、

「入院主治医は私だ。治療方針は私が立てる、学生がゴチャゴチャ言わないで」

「待ってください、せんせ――」

俺の制止も聞かず、漆原先生はペカペカと靴の音を響かせて歩いていった。後には呆然とする俺だけが残された。

京はアレルギー・膠原病内科病棟の個室に入院した。本来は見晴らしの良い部屋だが、カーテンは締め切られて室内は薄暗い。全身性エリテマトーデス（SLE）は日光で増悪するからだ。

俺が部屋の中に入ると、ベッドの上に横になった京は首だけ回してこちらを見た。

「あ……光一郎」

聞いたこともないくらいに弱々しい声だった。テーブルの上に置かれた病院食はほ

とんど食べられていない。俺は言った。

「食わないのか」

「食欲、ない」

京は首を横に振った。部屋の中が暗いので電気をつけようとしたが、

「いい。電気はそのままにして」

「でも、これじゃよく見えんぞ」

「だって……」

京は暗がりの中で、そっと自分の顔を撫でた。

「今の私、ひどい顔してるから。……顔が赤くて、痛くて痒い。蝶形紅斑ってこういう感じなんだね」

俺は言葉に詰まった。

蝶形紅斑。全身性エリテマトーデスの代表的な皮膚症状であり、顔面に真っ赤な皮疹が出る。膠原病の教科書には、この蝶形紅斑で痛々しく顔を染めた若い女性の写真が必ず載っている。

「治療の話はあったのか」

俺の質問に、京は黙って首を横に振った。もどかしさが胸を満たす。

漆原先生について回るようになって数ヶ月が経つ。全身性エリテマトーデス(SLE)の患者も何人か診た。抗核抗体のみならずｄｓ‐ＤＮＡや皮膚症状もあるとなると、診断は全身性エリテマトーデス(SLE)。そしてこれは放っておいて治る病気ではない、臓器障害が進行する前に早くステロイドや免疫抑制剤を開始するべきだ。

あの漆原先生がそれを分かっていないとは思えない。訳が分からなかった。

「私、これからどうなっちゃうんだろ」

京の質問に、俺は答えることが出来なかった。点滴の水が、ぽたりぽたりと滴って落ちていく。命が零(こぼ)れ落(お)ちるようだった。

「漆原先生」

外来が終わり人がはけたのを見計らって、俺は漆原先生に声をかけた。散らかった診察室の椅子に座った漆原先生は「なに」と面倒臭そうな顔をする。

「式崎京の治療を始めましょう」

「は？」

露骨に顔をしかめる漆原先生。俺は唾を飲んだあと、

「全身性エリテマトーデス(SLE)はステロイドを使わないと治らないでしょう。治療開始に

踏み切るべきです」

「ふーん」

目をすがめる漆原先生。その刺すような視線に耐えかねて口をつぐみそうになるも、ぐっと踏みとどまる。

「俺は何ヶ月も先生の治療を見てきました。自己免疫疾患について、多少は理解したつもりです」

「本当にそう思うなら、君は勉強が足りないね」

漆原先生が鼻を鳴らす。

「そもそも、君は医者ですらない。学生さんさ、いつから私に意見できるようになったんだ」

突き放すような口ぶりの漆原先生。彼女の言う通り、一介の学生が漆原先生に物申すなんてことは常識外れだ。

だが俺も引くわけにはいかない。全身性エリテマトーデス（SLE）は放置すれば全身の臓器障害が進行し、死に至ることもある。今の俺には、京の命が懸かっている。

「お願いします。漆原先生。――」

「無理」

頭を下げた俺に対し、漆原先生はにべもない返事を返した。色を失くす俺の前で、

「今は治療はしない。このまま経過観察する」

「なんですか」

「なんで君にいちいち説明しなきゃいけないの？」

漆原先生は鬱陶しそうに手を振った。

「治療方針に噛み付いてる暇があったら、コーヒーの一つでも買ってきて。私は今から夕ご飯なんだ」

話は終わりだ、とばかりに漆原先生は背を向けた。白い壁のような白衣をにらみつけたあと、俺は肩をいからせてその場を去った。


波場都大学は医学部のみならず工学部、法学部、文学部といった他学部が同じキャンパスに会する総合大学で、日中の構内は大学生たちで賑わっている。

敷地の中央に陣取る食堂で、俺は不機嫌にカレーライスを突っついていた。遅い昼食ということもあってか食堂内に人はまばらで、どこぞの学部の連中がレポートに勤しんでいる姿がぽつぽつと見えるのみだ。

（……なんで京の治療が始まらないんだ）

日に日に京の顔色は悪くなっていた。何度も漆原先生の元を訪ねたが、返事はいつも一緒だった。「ステロイドも免疫抑制薬も使わない、治療は始めない」。

（わけが分からん……！）

頭を抱えて机に突っ伏しそうになる。漆原先生が何を考えているのか理解できなかった。

半分ほどカレーを残した状態で悶々と考え込む俺。ふと、目の前に誰かが座った。

「や、戸島くん」

「あ……、内田さん」

看護師の内田さんだった。今日はもう仕事上がりなのだろうか、結わえていた髪をほどいて後ろに流している。オムライスにスプーンを差し入れながら、

「学食はよく来るの」

「安いですから」

「そっか。私は初めて来たよ。さすが天下の波場都大学、学生たちも賢そうだ」

内田さんはもむもむとオムライスを咀嚼している。

「内田さんの大学はどの辺なんですか」

「私は京都の看護大学。ひどいところだったよ、実習期間は地獄でね……。実習担当

の看護師たち、学生が挨拶しても一切返事しないの」

「どこの大学もそうらしいですよ。あれなんでなんでしょうね」

「マウンティングじゃない？　立場の違いを分からせるためにやってるんだよ」

「なんかゴリラみたいですね」

「それ、他の看護師に言ったらダメだよ」

内田さんはケラケラと笑っていた。俺も釣られてへらりと口の端を持ち上げるが、どうにも心から愉快な気持ちになれない。頭の隅には、京と漆原先生のことがどうしても引っかかっていた。

「どうしたの。元気ないね」

内田さんが俺の顔を覗き込む。俺はカレーがついたスプーンを見つめながら、

「……実は、友人が入院してまして」

ぽつりぽつりと事情を語った。京の病気のこと、漆原先生の不可解な方針のこと。

「何か漆原先生なりの考えがあるのかもしれません。でも、あまりに納得できなくて」

俺は俯いた。内田さんは眉根を寄せて頬杖をつく。

「確かに、ちょっと変だね」

内田さんは小首を傾げた。

「漆原先生なら、少なくとも医学的には適切な判断をすると思うけど」

「でも、全身性エリテマトーデス（SLE）は放置しても悪くなるだけでしょう」

「確かにねー」

内田さんが口元に手を当てる。

「もしかしたら……。ああ、いや。うん。関係ないか」

何事か言い淀む内田さん。俺は尋ねた。

「何か思いつきましたか」

「なんでもない。今回の件とは関係ないと思うよ」

ふるふると手を振る内田さん。どうも動揺しているように見える。俺はテーブルの上に身を乗り出した。

「心当たりがあるなら教えてください。お願いします」

「だから、関係ないって」

「お願いします」

俺はすがるように言った。

「俺はただ、京を助けたいんです」

内田さんが「うー」と困った声を出す。きょろきょろと周りを見回したあと、

「今から私が言うことは、看護師の間で流れてるただの噂。真に受けないで」

そう前置きした。俺は頷く。

「漆原先生がなんでアレルギー・膠原病内科になったかって、聞いたことある？」

突然の質問だった。首を横に振る。

確かに不思議ではある。自己免疫疾患は目に見えない病気ばかりで華々しさに欠けるし、そもそも免疫学自体が難解で敬遠する人も多い。何が楽しくて、わざわざアレルギー・膠原病内科を専門にしたのか。

「昔、まだ医者になりたてだった頃――……」

内田さんは目を伏せたあと、小さな声で言った。

「全身性エリテマトーデス（SLE）の患者を一人、医療事故で死なせちゃったんだって」

夜の病院。漆原先生の診察室に買い置きしているカップラーメンを補充し終わり、俺は息をついた。

「医療事故……ね」

時々聞く話だ。人間である以上はミスをするが、その結果が人命の喪失となれば悲

惨だ。漆原先生だって昔は新米の医者だったはず。医療事故を起こしたことがあっても、おかしくはない。

——あの人、普段はだらしないけど、医学に関しては真面目でしょ？ その中でも、特に全身性エリテマトーデス(SLE)の治療はすごくこだわるのよ。

俺は診察室のベッドに腰掛ける。古びたパイプがぎしりと音を立てて軋んだ。

——昔死なせちゃった全身性エリテマトーデス(SLE)の患者さんのことを、今でも後悔してるみたい。

診察室の机をなぞる。最近俺が何度となくアルコール入りウェットティッシュで拭いているおかげで、チリ一つ付いていない。

——どうせ治らないなら、治療するだけ無駄、って考えてるんじゃないかな。昔、そんなことを言ってたから。

漆原先生が、頑なに式崎京の治療を始めない理由。その理由が過去の過ちにあるとしたら、

（……そんなの、間違ってる）

昔、漆原先生に何があったのかは知らない。だが、それを理由にして今苦しんでいる患者の治療方針を曲げていい理由にはならない。

果たして内田さんの言うことがどれほど正しいのか。噂は一人歩きするものだし、色々と尾鰭がついているかもしれない。だが一方で、ここ数日間の頑なな漆原先生の態度は、何か事情があるのではないかと勘繰ってしまいたくなるのが実情だった。悶々と悩み続ける。無論答えは出ない。俺は鞄をつかみ、診察室を出た。

夜の病院は閑散としていて、暗い廊下を歩いていると幽霊でも出そうな気がしてくる。俺は足早に出口へと向かうが、

「あ」

足を止め、廊下の先を歩く人物へ目を止める。くたびれたスクラブに白衣を羽織り、耳元に赤いピアスを揺らして歩く女。漆原先生だ。

俺の存在に気づいた様子もなく、漆原先生は歩いていく。俺はふと違和感を覚えた。漆原先生が向かっている方向は医局や外来棟とは違っていて、ほとんど使っていない建物群があるだけだと記憶している。わざわざ足を向ける理由が分からなかった。

俺はごくりと唾を飲んだ。足音を潜めて、気づかれないようにゆっくりと漆原先生の後をついて歩く。

どれほど歩いただろう。波場都大学医学部附属病院の敷地は広大で、しかも迷路のように入り組んでいる。漆原先生についていくうちに、俺はまったく足を踏み入れた

ことのない区域にたどり着いていた。

（ここは……）

漆原先生が入っていったのは古い煉瓦造りの建物で、おそらく古い病棟だろう。波場都大学にはいくつか入院棟が存在して、そのうち一つに近々取り壊し予定のものがあったはずだ。

入院患者を見に来たのだろうか。入り口の扉を押し開けようとして、しかしびくとも動かない。よく見ると昔ながらのダイヤルロック式の鍵があり、暗証番号を知らないと中には入れないようだ。

仕方がない、いったん帰ろう。そう思ったが、

「――今日も来たんですね、漆原先生」

そんな声が聞こえてきて、俺は慌てて振り返った。見ると窓ガラスの一部が開いていて、その奥に二人の人影が見えていた。暗がりの中にぼんやりと薄い水色のナース服、そして白衣が浮かんでいる。女性の看護師と漆原先生が、何事かを話し込んでいる。

俺は息を潜めてガラスに近寄り、しゃがんで中の声に聞き耳を立てる。自分でもなんでこんなストーカーの真似事をしているのかと思うが、どうにも胸騒ぎがしてなら

なかった。

「大丈夫ですよ。容体は安定してます」

「そうか。そうだろうね」

漆原先生は相変わらずの眠たげな声で話す。

「先生も疲れてるでしょう。たまにはゆっくり休んだらどうです」

「別に。大したことないよ、これくらい」

聞いていて眠くなるような世間話だ。だが続く漆原先生の言葉を聞いて、俺の眠気は一気に吹き飛んだ。

「自分の患者だからね。最後まで責任は持つ。それに――」

少しだけ間を置いて、漆原先生は苦々しさを滲ませながら言った。

「あの人は、私が殺したようなものだから」

心臓が跳ねる。鼓動の音が耳元でうるさいくらいに響く。季節外れの汗が手に滲んだ。

(漆原先生が……患者を殺した?)

内田さんが言っていた件だろうか。まさか本当に?

「先生、あの人は」

「事実だよ。気を使わなくていい」

漆原先生が低い声で言う。

「ここに来ると、自分がいかに愚劣でどうしようもない人間か、嫌でも思い出すんだ」

平坦な声音。だがその奥底に、なぜか今、果てのない悲哀が滲んだように思えた。

「私は、家族殺しをしたから」

動揺のあまり、俺はよろけてたたらを踏んだ。その拍子に、がさりと足元で砂利が音を立てる。

「誰かいるの」

漆原先生が胡散臭そうな声を出す。俺は数秒迷ったあと、観念しておずおずと窓辺に寄った。漆原先生が目を丸くする。

「戸島？　何してんの君」

「はは……たまたま通りがかりまして」

「嘘（うそ）つくなよ。たまたま通るような場所じゃないでしょ、ここ」

もっとも過ぎる指摘である。俺はバツの悪い思いで頬をかいた。漆原先生が肩をすくめる。

「君がそこまで熱烈な私のファンとは知らなかった」

「……すみません」

漆原先生は、先ほどまで話していた看護師さんに片手をあげたあと、ゆっくりと建物の外へ出てきた。ガチャリと大きな音を立てて扉が閉まる。

「この建物は昔、精神科の閉鎖病棟として利用されてたんだ。今でも、訳アリの患者を収容しておく時に使う」

漆原先生は歩み寄ってくる。白衣が夜風に吹かれてふわりとはためいた。

「わざわざついてきたんだ、何か言いたいことがあるんでしょ」

漆原先生が顎をしゃくる。俺はたっぷり数秒悩んだあと、

「……俺は最近、漆原先生が何を考えてるのか分からないんです」

京の治療方針はどう考えても納得できるものではない。それでも漆原先生のことだからきっと深い考えがあるのだろうと思っていた。だが、

——私は、家族殺しをしたから。

もし、京の治療方針が漆原先生個人の感情で歪められているのなら。なされるべき治療がされていないのであれば。

看過することはできない。

「信じて、いいんですよね」

確認の言葉は、自分でも意外なほどにすがるような声音だった。

「……やれやれ」

漆原先生は渋面を作り、口を歪めた。

「わざわざ夜中に人をつけ回して、言うことがそれか」

鼻を鳴らす。そののち漆原先生は言い放った。

「あんなのはただの風邪だよ。ほっとけばいい」

耳の奥で甲高い異音が響いた。今しがた聴いた信じ難い言葉が、何度も頭の中で反響する。

（ただの、風邪？）

全身性エリテマトーデス（SLE）はただの風邪なんかでは断じてない。暴走する自己免疫が体中の臓器を冒し、場合によっては命に関わる大病だ。治療が遅れれば後遺症を残す可能性もそれだけ高まる。若くして命を落とす人もいるし、治療が効いたとしても生涯にわたって免疫抑制薬を飲み続けなくてはいけない。

そんな病気を、よりによって、ただの風邪？

目の前が赤黒く染まった。俺は初めて、漆原先生に本気でつかみかかりそうになっ

た。ともすれば罵声を浴びせそうになる口をなんとか押しとどめ、

「……漆原先生に昔、何があったのかは知りません。でも、過去の失敗を理由に今の治療を捻じ曲げていいわけがない」

漆原先生は目をすがめた。

「余計なことを聞いたらしいね。誰が漏らしたのやら」

鼻を鳴らし、漆原先生が歩を進める。俺の横を無造作に通り過ぎていく。

「戸島」

唐突に漆原先生が言った。

「いつぞやの質問、覚えてる？」

「え……？」

「医者に一番必要なものは、なんだと思う」

それは、初めて会った時に漆原先生が俺に問いかけた質問だった。学校や予備校では模範解答とされる答えを述べて、コテンパンにバカにされたことを覚えている。

あの時は滔々と述べられた答えを、どうしてか今は口にできない。代わりに俺はぎゅっと拳を握った。

「……フン」

漆原先生は立ち止まらず、そのまま歩き去った。後には俺だけが残された。

夜遅くに帰ると、寮のリビングは消灯されて薄暗かった。早々に自室に引っ込もうとした俺だが、

「なんで顕微鏡的多発血管炎と多発血管炎性肉芽腫症と好酸球性多発血管炎性肉芽腫症が全部別の病気なんだよ……悪質な嫌がらせだろこれ……」

スタンドライトで手元を照らしながらブツブツ独り言を漏らす男が一人。揺れる金髪を横目に俺は声を掛ける。

「遠藤、珍しいな。勉強か」

「試験近いからな」

「……？　もう試験期間は終わっただろう」

「追試だよ。一発で全部受かるわけねえだろ」

「俺は一つも落とさなかったぞ」

「はっ倒すぞお前、余裕の顔しやがって」

目の下にクマを作った遠藤が俺をにらむ。しかし追試なんて受けたことがない身としては遠藤の苦労に共感のしようがない。

「今日は随分と顔色悪いな、お前」

遠藤がぴたりとボールペンを動かす手を止めた。

「大丈夫かよ。ただでさえ漆原先生にコキ使われてんだろ?」

「まあ……な」

俺は曖昧に頷いた。遠藤はじっと俺の顔をのぞき込んでいる。

「京ちゃんの体調はどうよ」

遠藤の質問に、俺は目を瞬かせた。

「知ってたのか」

「そりゃまあ、な。なにせ救急車呼んだのはうちの寮生だぜ、すっかり噂になってる」

遠藤はため息をついた。

「全身性エリテマトーデス（SLE）だってな」

「人の口に戸は立てられない、ってのはよく言ったものだな」

俺は渋面を作った。京の病名が広まるのが、どうにも無性に嫌だった。

「せめて、早めに見つかって良かったと考えるしかないな。幸い、数十年前と違って不治の病ってわけじゃない」

遠藤の言葉に俺は頷く。遠藤は椅子に深く座り直し、ふうと息をついた。

「早く帰ってきて欲しいもんだな。治療はもう始まったのか」

俺は言葉に詰まった。遠藤が訝しげに眉をひそめる。

「まだ、何もやってない」

「何も？　何もってなんだよ。寝てるだけってことか」

遠藤が目を丸くする。俺はぽつりぽつりと事情を話した。再三にわたり漆原先生に治療開始を相談し、すげなく断られていること。かつて漆原先生の身内が全身性エリテマトーデスになり、その経験が尾を引いて漆原先生が治療に否定的なのではないか、ということ。

話を聞き終わった遠藤は、うなり声を上げて腕を組んだ。

「信じがたいな」

「だが、治療がいつになっても始まらないのは事実だ」

「変だな。あの漆原先生だぞ？　医学的に間違ってると思ったら師長だろうと教授だろうと病院長だろうと野良犬みたいに噛み付くって評判の女だぜ。全身性エリテマトーデスの治療はステロイド、俺でも知ってる」

遠藤は目を細めた。

「昔、患者を死なせちまったってのは、どこまで本当なんだろうな」

俺は夜の病院で漆原先生を見かけた時のことを思い出した。今はほとんど使われない病棟で、看護師と何事か話し込んでいた漆原先生。

――私は、家族殺しをしたから。

「どうした？」

「いや、なんでもない」

俺は首を横に振った。さすがに誰にも彼にも言いふらして良い内容ではない。

「ヤバいな。放っておいたら悪化の一途だろ」

「……考えはある」

俺はぼそりと言った。

「このままじゃ京は弱る一方だ。漆原先生が主治医のままじゃ埒（らち）が明かない。なら――」

俺は唾を飲んだ。

「主治医を変えさせる」

遠藤は慌てた様子で周囲を見回したあと、声を潜めた。

「シレッととんでもないこと言うんじゃねえよ。かかりつけの町医者を変えるのとはワケが違うぞ、ここは大学病院だ」

「分かってる」

「分かってねえよ。絶対に漆原先生や他のスタッフとも揉める。一度目を付けられたら最後、卒業できるかどうかも怪しいぞ」

「じゃあ」

俺は思わず声を張り上げた。

「ここで京を――患者を見捨てて、間違った治療方針に目を塞いで医師免許を取ったとして。俺は医者になれるのか。患者を見殺しにするようなやつが、本当に医者なのか」

遠藤は驚いたように目を見開いた。荒い息をつき、

「……悪い」

俺は謝罪した。自分でも驚くほど、感情が高ぶって言葉が止まらなかった。

「ったく、目え据わらせやがって」

遠藤がぼりぼりと頭をかく。

しばし、俺たちは無言だった。備え付けの時計が時を刻む音が響く。やがて遠藤はゆっくりと口を開いた。

「どうする気なんだ」

手を握り、開くことを何度か繰り返す。俺は言った。

「漆原先生に言うことを聞かせられる人ってのは、この大学病院にもほとんどいない。だから、自ずと手段は限られる」

俺は唾を飲み、一息に言った。

「——学部長と、直談判だ」


閉ざしたカーテンの隙間から、朝日が糸のようにわずかに差し込んでいる。暗い病室の中に、京の寝息だけが響く。

「……京」

こんな早朝なのにナースステーションには夜勤の看護師さんが何人も座っていて、眠そうな目で電子カルテをいじっていた。俺は彼女たちを横目に京の病室に入り、こうして寝顔を眺めている。

手が震えた。自分が今からやろうとしていることを思うと、怖くて足がすくみそうになる。漆原先生に怒られる、なんてものでは到底済まない。学部長に大目玉を食らうだろうし、下手をすれば退学沙汰だ。これまで積み上げてきたものが、今日を境にもろく崩れ去るかもしれない。

引き返すなら今の内だぞ。何度となく自分に投げかけた問いだ。その答えも、やはり変わらない。

（ここで逃げるなら……俺はどのみち一生、医者になんかなれない）

間違っている治療方針に目をつぶり、患者を見殺しにするなら。

それはもう、医者ではない。

――ホント、あんたは昔から世話が焼けるね。

俺は深く息を吸い、吐いた。最後に京の顔を改めて一瞥する。

この一週間で随分とやつれた。俺は静かに、そっと声をかける。

「……待ってろ、京」

俺は病室の扉に手を掛ける。唇を引き結んで、俺は歩き出す。

「お前を――助ける」

波場都大学アレルギー・膠原病内科のカンファレンスは毎週月曜日の昼過ぎから開催される。病棟の奥まった場所に設られたカンファレンス室に医者が詰めかけ、入院症例の治療方針について討議を行う。

広々としたカンファレンス室の壁面には、プロジェクターを通して入院患者の一覧が映し出されている。こんなにたくさんの患者が入院していたのか、と今更の感慨が胸を満たす。

「失礼します」

俺がカンファレンス室に足を踏み入れた時、大半の医者はきょとんとした顔で俺を見た。無理もない。カンファレンスといえば医者同士のディスカッションの場だ。見学や実習などの特殊な機会を除き、医学生がカンファレンスに口を挟む余地などない。

室内をぐるりと見回す。漆原先生は最前列の左端に座っていた。彼女は俺をちらりと見たあと、

「……フン。そう来たか」

全てを察したように顔を歪めた。俺はごくりと唾を飲んだあと、漆原先生から視線を外す。

「戸島くん」

俺の名前を呼ぶ声。アレルギー・膠原病内科教授にして波場都大学医学部学部長である大道寺勇吾は、ゆっくりと俺に語りかけた。

「今はカンファレンス中だよ。用事があるなら、後にしなさい」

「いえ、ここで話すべきことです」

俺は一息に言った。

「入院中の患者——式崎京の治療方針について、異議があります」

耳に痛いほどの静寂。そののち、水面にさざ波が広がるように、医者同士が小声で囁き交わす。

「誰だ、あの学生」

「漆原先生についてる、例の子だよ」

「ああ、あの血が怖くてしょっちゅう倒れてる……」

「式崎さんってのは、あの全身性エリテマトーデス（SLE）疑いの子か」

無数の目が俺を向く。学部長は首を傾げた。

「治療方針について異議がある、というのはどういうことかな」

穏やかな口調。だが俺はその中に、張り詰めた糸のような緊張を感じる。少しでも言葉の選択を間違えば、その瞬間にこの場からつまみ出されるだろう。

カンファレンス室の入り口に立ち、俺は声が震えないように必死になりながら、ゆっくりと話した。

「式崎京は一週間前に入院しました。しかしいまだになんの治療もされていません。

これでは衰弱する一方です」

　俺は一拍置いてから言った。

「全身性エリテマトーデスの治療を開始してください。速やかにステロイドを投与するべきです」

「立場を弁えなさい」

　それは、俺が人生で聞いた中で一番冷ややかな声だった。冷水を浴びせられたように、俺の背筋が総毛立つ。

　学部長は眼鏡の奥の目を細めながら、

「君は医師免許を持っているのか？　君に患者の治療方針を決定する資格はない。法的にも、能力的にもだ」

　室内が静まり返る。学部長は穏やかな人柄で知られる好好爺だ。俺自身も何度となく世話になっている。

　だが今、学部長は明白に激怒していた。

「……確かに、俺はただの医学部生です。医者になれるかどうかも怪しい」

　俺は続けた。

「でもこの三ヶ月、俺はずっと膠原病の治療を見てきました。多くを学んだつもりです。そして、俺を漆原先生に紹介したのはあなたですよ――学部長」

もうつまみ出せよ、と誰かが言った。その言葉を皮切りに、室内が剣呑な空気で満ちる。苛立ちで顔を歪めた医者たちが、俺の腕を引いて部屋の外へ連れ出そうとする。

俺は叫んだ。

「漆原先生の方針は間違ってる！　あんたたちがそれを正さないなら――誰が京を助けるんですか⁉」

なんの騒ぎだと人が集まってきた。看護師や薬剤師、多くのスタッフたちが部屋の中を覗き込む。羽交締めにされた俺を見て何人かは悲鳴を上げた。

「待ちなよ」

紛糾するカンファレンス室。制止の声は、意外な人物からだった。

「その学生は私の治療方針に文句があるんでしょ。なら、私が話を聞くべきだ」

漆原先生は、そう言ってゆっくりと立ち上がった。羽交締めにされたままの俺に歩み寄り、漆原先生は俺をねめつける。

「私が思っていたよりも、君は遥かに頭が悪いな」

獣のように荒い息が漏れる。漆原先生を睨（にら）み付ける。漆原先生は鼻を鳴らした。

「誤解のないように言っておくけど、私はどんな患者が相手でも治療の手は抜かない。

今の治療方針が最善と思っている」

「嘘だ」

俺は低い声で言った。

「全身性エリテマトーデス（SLE）は放置しても治るわけがない。先生はただ、昔全身性エリテマトーデス（SLE）の患者を治せなかったから、治療に臆病になってるだけじゃないんですか」

漆原先生は能面のような無表情だった。ややあって、

「――学部長」

横に目を向けた。

「この学生を少し借ります。カンファ、抜けさせてください」

学部長は頷いた。漆原先生はくいとあごをしゃくり、「ついて来な」と短く言った。

リノリウムの廊下を歩く。漆原先生は無言だった。俺も言葉は発さない。ただ、気まずい沈黙だけが俺たちの間に横たわる。

漆原先生は怒っているわけでも呆れているわけでもないように見える。だがそれは俺の願望かもしれない。なにせ俺がやったことは、ありていに言えば漆原先生の治療

方針の間違いを大勢の前で指摘したというものだ。不愉快になるのは想像に難くない。漆原先生も、こんな面倒な学生には愛想が尽きたろう。もう漆原先生の外来に付くことはできないかもしれない。そう思うと、胸の奥がじくりと痛んだ。その感情に驚きを覚える。

俺はまだ、漆原先生と一緒に外来をやりたかったのか。

だが今となっては詮のないことだ。そう思っていると、

「昔、君にも話したことだけど」

漆原先生が唐突に口を開く。

「私は患者に甘いことばっかり言ってる、勉強不足の医者が一番嫌いだ」

俺は眉をひそめた。その話は覚えている。以前漆原先生の近所にあったクリニックの院長が、詐欺まがいの診療を行い逮捕されたと。優しくて人当たりが良いと評判の先生だったと。

「優しさや思いやりで病気が治るなら苦労しない。どんなに相手のためを思っていても、間違った医療は体を傷つけるだけだ」

廊下を歩き終わる。漆原先生は京の病室の扉に手をかけた。漆原先生は俺へと振り返り、

「多少の例外はあれど、全身性エリテマトーデス(SLE)の治療はステロイド。私もよく知ってるよ」

　俺は怪訝な声を出した。

「……でも、京はこれまで何の薬も……」

「君はさ、一度立ち止まって考えるべきだったんだ」

　漆原先生は低い声で言った。

「式崎京の病名は、本当に全身性エリテマトーデスなのか」

　え、と思わず声が漏れた。漆原先生が何を言っているのか、よく理解できなかった。

　病室の扉が開けられる。俺ははっきり、京は昨日までと同様にベッドに横たわったままと思っていた。当然だろう。何もしていないのに体調が良くなるなんてことはありえないはずだ。

　だがベッドは空だった。戸惑いと嬉しさの入り混じった声が聞こえる。

「あ、光一郎」

　窓際に立つ京は、日差しを浴びて眩(まぶ)しそうに目を細めた。

「どうしよう」

　京は不思議そうに首を傾げる。

「私、治っちゃったみたい」

式崎京の体調は劇的な改善を見せた。

関節痛や発熱はあのカンファレンスを境に落ち着き、それに伴い全身性エリテマトーデス（ＳＬＥ）のマーカー――炎症反応や抗ｄｓ‐ＤＮＡ抗体も正常範囲内へと戻った。その間には一切、なんの薬も使われてはいない。ただ三食をしっかり食べ、病院のベッドでよく寝たに過ぎない。

まるで魔法のように、京の症状はなくなってしまった。

「パルボウイルス感染症だ」

漆原先生の外来診察室。呆（ほう）けて診察用のベッドに座り込む俺に、漆原先生は滔々と語りかけた。

「全身性エリテマトーデス（ＳＬＥ）は最も診断が難しい病気の一つでね。その理由の一つがミミッカー……よく似た症状を呈する別疾患が多いことだ。君は抗核抗体、抗ｄｓ‐ＤＮＡ抗体、関節炎、蝶形紅斑（ちょうけいこうはん）を診断の根拠としたようだけど、同様の所見を呈する疾患はいくつもある」

俺はなんとか頷く。そして、と漆原先生は続けた。

「このパルボウイルスは特別な治療は必要ない。放っておけば、そのうち治る」

「なんで、そんな珍しい病気が」

「珍しくもなんともない。パルボウイルスは世界中で流行している。大半は軽症だ。言ったでしょう――」

漆原先生は盛大に鼻を鳴らした。

「ただの風邪だ、ってね」

俺はぐ、と言葉に詰まる。現に京が元気になって退院日の相談を始めている以上、漆原先生の診断自体に文句をつける気はない。だが、

「なんで……気づいたんですか」

「ん？」

「いくらパルボウイルス感染症がときに全身性エリテマトーデス（SLE）のような所見を呈するって言ったたって、それは可能性の話でしかない。なんで先生は、パルボウイルス感染症だって気づけたんですか」

漆原先生は缶コーヒーのプルトップを引いた。カシュッと音がする。ブラックコーヒーを啜りながら、

「パルボウイルス感染が好発するのはいつ頃か、知ってる？」

「え……」

俺は記憶を漁る。ややあって、俺は言った。

「小児期、ですか」

「そう」

漆原先生が頷く。

「パルボウイルスはしばしば小児間で伝播(でんぱ)する。りんご病なんて言ったりもするね。で、小児の感染者からウイルスを移された成人が、しばしばああいう全身性エリテマトーデス(SLE)みたいな症状になる」

小児。その言葉が棘のように頭に引っかかる。次の瞬間、俺は思わず息を呑んだ。

「式崎京は小児科志望なんでしょ？　おおかた、実習か何かで移されたんだろうね」

脳裏をよぎるのは、以前の飲み会で京が言っていた言葉だ。

――この季節はやっぱり風邪引いてる子供多いね。忙しいし、私まで体調崩しそう。

全身の力が抜けてしまい、俺は壁にもたれかかった。何度か深呼吸を繰り返し、

「……良かった」

俺は小さな声で言った。京は全身性エリテマトーデス(SLE)ではなかった。もうじき体調も戻り、退院できるだろう。

だが、一方でもう一つの問題が浮上する。俺は尋ねた。

「俺は、どうなるんですか」

担当医を変えさせようとする暴挙に及んだ、俺への処遇はどうなるのか。

俺がやったことは漆原先生の治療方針の否定だ。さんざん啖呵を切った挙句に間違っていたのは俺の方でしたとなれば、これはもう良い面の皮としか言いようがない。

病棟実習でトラブルを起こし退学になった学生もいると聞く。もはや、俺の進退は風前の灯だった。

「学部長から、君の処遇は一任されてる」

漆原先生は冷ややかな声で言った。

「留年させるのも退学にするのも、好きにしろってさ」

俺は唾を飲んだ。長い沈黙が続く。

漆原先生はコーヒー缶を机に置いた。白衣を羽織り、診察室の扉に手をかける。

「行くよ」

「え……」

俺は目を瞬かせた。漆原先生はなんでもないことのように言った。

「私は君の指導教官だ。一つ、らしいことをしようかと思ってね」

漆原先生は目を細めた。

「今から講義をする」

向かった先は病院の外れ、外来や入院棟があるあたりからは離れた場所だった。わずかに雑草が生えた敷地内を進むと、見覚えのある煉瓦造りの建物が顔を出す。

（ここは……）

以前、真夜中に漆原先生を見かけてこっそり後をつけたことがあった。その時に訪れた場所だ。漆原先生いわく、「訳アリ」の患者を入院させるのに使うとか。

建物に入ると、電子カルテやモニターの並んだナースステーションが目の前に構えていた。建物自体は何かの拍子に崩れそうなほどに古いのに、中の設備はばっちり最新のものが揃っているのはどこかちぐはぐな印象だった。

「あ、先生。お疲れさまです」

看護師さんの一人が頭を下げてくる。漆原先生は応じて頷く。看護師さんの目が俺へと向いた。

「その子は？」

「学生だよ」

「先生が生徒を連れてくるなんて珍しいですね。初めてじゃないですか？」

「どうも医者に幻想を持ってるみたいだからね、現実を見せにきた」

漆原先生が侮蔑混じりの冷ややかな声を出す。看護師さんが眉をひそめる。

「事情はよく知らないですけど、若者を苛(いじ)めるのはどうかと思いますよ」

「余計なお世話をどーも」

漆原先生はすたすたと歩き出す。俺は慌てて後について歩いた。

「そう言えば」

漆原先生が思い出したように言う。

「私が昔、全身性エリテマトーデス(SLE)の患者を治せなかったのを引きずってるってのは、誰から聞いたの」

俺は返事に詰まった。漆原先生は鼻を鳴らす。

「ま、だいたい察しはつくよ。看護師ってのは噂好きが多い」

お見通しか。俺はバツの悪い思いで頬をかいた。

「……漆原先生が、全身性エリテマトーデス(SLE)の患者を医療事故で死なせてしまったと。だから、全身性エリテマトーデス(SLE)の治療に臆病になっていると……そういう話でした」

漆原先生はぽつりとつぶやく。

「医療事故。医療事故、ね」

漆原先生は歩みを止めないまま言った。

「事故で死んでた方が、まだマシだったかもね」

「え？」

どういうことだ、と俺は疑問の声を出す。だが漆原先生からの返事はなかった。

歩くことしばし。漆原先生はようやく足を止めた。

「ここだ」

たどり着いた先は、

「……病室」

閉じられた扉の向こうからは、わずかにモニターが脈を刻む音が聞こえてくる。

俺はちらりと入り口横の名札に目を向けた。長い年月を経てインクが落ちているが、

辛うじて読めたのは、

『誠士　様』

という文字列だった。

「どなたですか」

俺が尋ねると、なんでもないことのように漆原先生は言った。

「私の夫だよ」

「――！！！！！！！！！！！！？？？？？？？？？？？？？？？？」

衝撃のあまり心臓と胃と肝臓が丸ごと口から飛び出すかと思った。

「漆原先生、結婚してたんですか⁉」

「なんだよ。なんでそんなにびっくりしてるの」

「いや……だって、え、そんな」

俺はおずおずと言った。

「漆原先生みたいな人と結婚しようなんて人が、実在するんですか」

「喧嘩売ってる？」

「確認ですけど、弱みを握ったり金にモノを言わせたりは」

「してるわけないでしょ。君は私をなんだと思ってるんだ」

放っておけば半日で外来診察室をゴミ屋敷に変え、朝はどれだけ目覚ましをかけても起きられず、食事はコーヒーとジャンクフードしか食べない社会不適合者です、とはさすがに口にできなかった。

衝撃は冷めやらないものの、俺はなんとか意識を切り替える。

ここにいるのは漆原先生の旦那さん。ということは、なんらかの病気で入院しているのだろう。「訳アリ」の患者を入院させるのがこの病棟の仕事と聞く。漆原先生の関係者だから、一般病床は避けてここに入ったということだろうか。だが、なぜこのタイミングで俺をここへ連れてきたのか。

「入院されてるんですか」

「うん。全身性エリテマトーデス（SLE）だよ」

え、と間の抜けた声が口からこぼれる。漆原先生は淡々とした口ぶりで言った。

「もう十年近く前から、ずっと入院してる」

病室の扉は立て付けが悪いようだった。しばらくガタガタやったあと、漆原先生は勢いよく扉を引き開けた。

「…………――」

目の前の光景を見て、俺は言葉を失った。

人工呼吸器が空気を送り込む、シューシューという音が規則的に響く。ベッドの上に横たわっているのは一人の男性だった。最初、俺はその人物を老人だと思った。肌は痩せこけて水気を失い、パジャマからのぞく骨張った手足はぴくりとも動かない。首には気管チューブが繋がれ、わずかに胸が上下しているのが分かる。点滴台に吊されたクリーム色の栄養剤が、胃瘻の中へぽたりぽたりと吸い込まれていく。男性は虚ろに天井を見つめている。

薄暗い部屋の中にはいくつもの写真が置かれている。きっとこの患者さんの写真なのだろう。だが写真に写っているのは切れ長の目が印象的な、端正な顔立ちの青年だ。目の前で物言わずベッドに横になる人物と同一とは、とても思えなかった。

俺は唾を飲んだ。喉元までせり上がってきた質問を、慌てて胸の奥へと押し込む。この人、生きてるんですか。思わずそう尋ねてしまいそうになるほど、目の前の男性は死体と見分けがつかなかった。

「戸島さ」

漆原先生が俺へと向き直る。

「君、アレルギー・膠原病内科は面白いと思うか」

「え……」

唐突な話題だった。正直にいうと、難解な内容も多くいまだに苦手意識は抜け切らない。なんと答えたものか俺がまごついていると、

「私は学生の頃、アレルギー・膠原病内科が一番嫌いだったよ。薬は多いうえにややこしい、手術や内視鏡みたいな分かりやすく格好いい処置はない、扱う病気はどれもこれも難解な上に治らない。こんなつまらない診療科、専門にする医者の気が知れなかった」

「でも、じゃあなんで」

「誠士が全身性エリテマトーデス(SLE)になったからだ」

漆原先生はゆっくりと語り出した。

＊＊＊

水橋(みずはし)光莉は人付き合いが苦手だった。人混みも無意味な笑い声も誰かに気を遣うことも嫌いな彼女にとって、他人との交流は基本的に苦痛でしかなかった。他者との会話よりも、本を読んで知識の海を泳ぐ方が性に合っていた。

大学生になりたての頃は同級生がたまに話しかけてきたが、大学三年生の今となってはそんな物好きもいなくなった。ありがたいことだ。

医学生というのは現金な生き物で、出席を取る授業は我先にと詰めかける割に、楽に単位を取れると評判の授業であれば顔も出さない。ましてや光莉が受けているのは選択授業の医学史で、早く臨床の勉強がしたい学生にとっては興味を持てる内容ではない。広い講堂の中はガラガラで、高齢の教授がのんびり教壇で喋る声が響いている。光莉はいつも教室の一番後ろの列の端に座った。教室全体を俯瞰できるこの位置が、彼女は好きだった。

のんびりと講義に耳を傾ける。だが、

「あのさ。ここ、座っていい？」

唐突に声をかけられた。頬杖をついたまま目線だけを上げると、同級生の男がこちらの顔をのぞき込んでいる。小洒落た格好をしていて、手足がすらりと長い。いかにも遊び慣れていそうだ。光莉が最も苦手とするタイプである。

「……どうぞ」

そっけなく答えたあと、光莉は教壇に視線を戻した。席はいっぱい空いてるんだからよそに座ればいいのにと思うが、口には出さないでおく。

男は光莉の隣へいそいそと腰掛けた。と、

「君も物好きだねえ」

唐突にそんなことを言い出す。光莉は眉をひそめた。

「こんな授業、毎回真面目に聞いてるなんて」

男は続けた。

「僕以外に、そんな学生がいるとは思わなかった」

光莉は口をへの字にして、不機嫌な声で言った。

「私の勝手でしょ」

「それはそうだね。その通り。僕もこの授業、好きだよ」

男はニマリと猫のように笑った。白い歯が見える。なんだこの人、と光莉はげんなりした。

授業が終わったあと、

「水橋さん、ご飯食べた？　学食行かない？」

「嫌」

他人と食事を摂るなんてことは、想像するだけで悪寒が走る。光莉は早々にその場を立ち去ろうとした。だが、

「僕は漆原誠士。よろしく、水橋さん」

漆原、という名前らしい男は、そう言って微笑んだ。冗談じゃない、絶対によろしくなんてするものかと思いながら、返事もせずに光莉はその場を後にした。

「君、いつもラーメンばっかり食べてるね」

学生食堂の片隅で、誠士はそう言って頬杖をついた。光莉は気にせずラーメンをズルズル啜り上げている。

「……何か用？」

「たまには他のものも食べた方がいい。ロコモコ食べるかい」

「何それ」

米の上にハンバーグと目玉焼きとレタスを載せたハワイ料理らしい。

誠士が話しかけてくるようになってから、一ヶ月が経った。最初の頃は、教室の隅っこにいる得体の知れない陰気な女に気まぐれで話しかけているだけだろうと思った。

そのうち飽きてどこかに行くだろうとも。

だが、誠士は飽きもせず光莉に声をかけてくる。信じがたいことにこの男、光莉のことをそれなりに気に入ったらしい。

「私に構わないで」

光莉は苛立ちを隠さずに言った。

「合コンでもサークルでも、他に楽しいことは一杯あるでしょう。私のことは放っておいて」

誠士はきょとんとした顔をしている。光莉は吐き捨てた。

「私は他人と話すのが嫌いなの」

以前、誠士が光莉と一緒にいるのを見て、同期が噂しているのを聞いた。漆原誠士がよりにもよってあの水橋光莉と、学年一の偏屈な嫌われ者と会話している。どういう事情だろう、と。

別に自分が悪く言われるのは構わない。他人と仲良くしようとしていない自覚はある。その分後ろ指を差されやすくなるのは当然のことだ。ただ、誠士を巻き込むのは気が引けた。

誠士は光莉の顔をまじまじと見たあと、

「なんか言われたのかい」

全てを見透かしたようなことを言う。光莉は黙って不機嫌な顔をした。誠士はニマリと口の端を持ち上げる。この男は機嫌が良いとこういう笑い方をする。

「案外、君でも気を遣うんだな」

「何言ってんの、君」

鬱陶しい。言うことを聞かない。思い通りにならない。

誠士は上機嫌でその後も喋り続けた。

水橋光莉と漆原誠士の交流は、一般的な男女のそれとは少し異なっていたかも知れない。

一緒にいてもほとんど口を聞かずにひたすら本を読み続けることもあれば、なんの理由もなく電車の線路沿いに歩くこともあった。数少ない女友達がやれ彼氏とデートに行った、カラオケに行っていい雰囲気のバーに行って休みの日はショッピング行って――なんて話を聞いてはげんなりしていた光莉にとって、男性と一緒に過ごす時間なんてものは苦痛以外の何物でもないだろうと思っていた。

だが、誠士との距離感は悪くなかった。

光莉の住んでいたアパートは木造の古い家で、梁(はり)の木目をなぞると指先にひんやりとした感触が伝わってくる。光莉と誠士は並んで座り、黙々と本を読んでいた。

「君はさ」

唐突に誠士が口を開く。

「他人と話すのが嫌いなわけじゃないと思うね」

「なに、急に」

「自分が実は寂しがりやだっていうのを、知られたくないんだろう」

誠士は目を細め、小さく笑った。

「見栄っ張りだねえ」

全然違う。そうつぶやき、光莉はそっぽを向いて医学書を読み始めた。視界の端で、誠士がニマリといつもの笑みを浮かべていた。

大学を卒業し研修医になりたての頃、初めて誠士の両親と会った。誠士の親はあまり光莉に良い印象を持たなかったらしく、始終不機嫌そうな顔をしていた。さもありなん、と思う。彼の両親は代々続く由緒正しい名士の家系であり、光莉のように大して育ちも良くない得体の知れない女は息子にふさわしくないと考えているのがありありと分かった。だが誠士は気にした風もなく、

「じゃ、そういうことで」

と会食の席をあとにした。何が「そういうこと」なのかはよく分からない。誠士に手を引かれるまま椅子を立った光莉は、誠士の両親に小さな会釈だけをした。

「悪かったな。疲れたろう」

「私はいいけど……親御さんは、納得してなさそうだね」

「いいよ別に。あの人たちが気に入る女なんて、こっちから願い下げだ」

誠士は深々としたため息をついた。光莉は話題を変える。

「今日は当直だっけ」

「今日も当直。あさっても当直。外科はきついよ、本当に寝る時間がない」

誠士は額を押さえて「むぅ」とうなり声を上げた。

「どうしたの」

「最近、どうも熱っぽくてさ。関節も痛いし」

「感冒でしょう」

「僕もそう思ったんだけど、もう二ヶ月くらい続いてるんだ」

一度内科にかかっとくかな、と誠士は軽い口調で言った。光莉にしても、あまり大事とは思っていなかった。ただよく見ると、誠士の顔は以前に比べてうっすら赤みがかっているようにも思えた。気のせいだろうか、と光莉は首をひねる。

「そうだ。光莉、この後時間あるかい」

「特に用事はないけど……どうしたの」

「ちょっと買い物をね」

誠士はニヤリと笑った。

連れて行かれたのは新宿のデパートだった。こういう場所に慣れていない光莉としては、キラキラ輝くショーケースや洒落た服を着たマネキンを見ているだけで具合が悪くなってくる。

誠士はずんずんとデパートの中を進んでいく。彼が足を止めた場所を見て、光莉は目を瞬かせた。

「……ここは」

連れてこられたのはジュエリーストアだった。いかにも上等そうなスーツを着た店員さんが一斉ににこやかに挨拶をしてきて、全身を安価お手軽カジュアルブランドで固めた光莉としては大変に居心地が悪い。

「こんなところで何を――」

「君にプレゼントを買いたくてさ」

光莉は思わず周囲を見回した。いかにも高そうなアクセサリーがいくつもショーケースに並んでおり、どう考えても光莉に似合う代物ではない。思わず逃げ出しそうになるが、誠士は早速店員さんと話し込んでいる。

「この子に似合うアクセサリーが欲しくて」

「分かりました。何かイメージはお有りですか？」

「見ての通り可愛いんでなんでも似合うとは思うんですけど、ピアスとかどうかなとは思ってます」

（恥ずかしい……）

光莉は顔に血が昇るのを自覚した。店員さんが光莉に「これとかおすすめですよ」「こっちのも似合うかも」なんて代わる代わる品物を持ってくる。なんでもいいから早く終わらせてくれと光莉は思った。

ひとしきり色々見せられたあと、最終的に光莉は一番シンプルなものを選んだ。正直似合っているのかどうかは分からないが、とにかく一つ選ばないことには永遠に誠士はアクセサリーを物色し続けるだろうと思ったのだ。

「ほら、つけてみなよ」

店を出た後、早速誠士はピアスの入った小箱を手渡してきた。嫌だ恥ずかしいとゴネたものの、あまりにも誠士がしょんぼりとして肩を落とすので、ついに根負けして光莉はピアスを耳につけた。数ヶ月前に気まぐれで穴を開けたはいいものの、そのままメンテナンスせずに放置していたので、久しぶりにピアスをつけると耳が痛かった。

光莉の耳元に揺れるピアスを見て誠士は、

「――うん。いいね。すごく似合ってるよ」

心底嬉しそうに笑った。光莉の心臓が跳ねる。思わず彼女はぷいとそっぽを向いた。

「あまりジロジロ見ないで」

「え、もうちょっと見せてよ」

「駄目。あっち向いてて」

「はいはい」

名残惜しそうに誠士は光莉から目を逸らし、前を歩き始めた。その後ろを、少し間を開けて光莉はついていく。

「ま、そろそろ当直に向かいますかね。んー頭痛い……」

「体調悪いのに、無理するから」

「だって、どうしても君にプレゼントあげたかったんだ。きっと似合うと思ったんだよ。……あれ、どうして下向いてるの」

「うるさい。早く歩いて」

耳元に揺れるピアスと同じくらい真っ赤になった顔を見られないよう、光莉は必死に顔を隠して歩いた。

誠士の体調は改善しなかった。発熱を繰り返すようになり、全身の疼痛のため歩くのも難しくなった。

ほどなく、全身性エリテマトーデスの診断となった。

誠士の入院先は波場都大学医学部附属病院だった。奇しくも光莉の勤め先である。研修医として働く傍ら、仕事の合間に誠士を見舞う日々が続いた。

「具合はどう」

「今日はまあまあだね」

ある日病室に入ると、ベッドに座った誠士は嬉しそうにはにかんだ。誠士は鼻元に延びる酸素チューブをいじりながら、

「鼻カヌラっていうのは鬱陶しいな。これは外したくなるのも無理ない」

ケラケラと笑っていた。

全身性エリテマトーデスという病気の特色として、全身のあらゆる臓器に障害が出る可能性があることが挙げられる。人によっては皮膚に、ある人は腎臓に、また別の人は腸や心臓にダメージが出る。百人いれば百人とも症状が違うことが、全身性エリテマトーデスの診断と治療を難しくしている。

入院精査の結果、誠士は腎臓と肺にも病変が及んでいることが分かった。ステロイ

ドのみならず免疫抑制薬も何種類か併用した治療が、今も続けられている。

　誠士が入院して早くも二ヶ月が過ぎていた。窓の外で鳴く蟬(せみ)の声を聞きながら、光莉は歯噛みした。

（……治療の反応性が、悪い）

　なまじ医師免許を持っているばかりに、誠士の病状がよく分かる。全身性エリテマトーデス(SLE)は確実に進行していた。強力な免疫抑制療法を行ってなお、間質性肺炎や腎炎は抑え切れていない。週単位でジリジリと悪くなる採血や胸部CTの推移を見ながら、光莉は歯がゆい思いを抱えていた。

　担当医たちは新しい免疫抑制薬を開始する方針らしい。光莉としても異論はない。効果不十分と分かった治療に固執しても病気は抑えられない。幸い全身性エリテマトーデス(SLE)治療の選択肢は多い。誠士に合った治療を探すべきだ。

（……だが、もし。次の治療も効かなかったら――）

　そこまで考えたところで、はっと我に返る。脳裏をよぎった不吉な妄想を振り払うように、光莉は頭を振る。

　ふと顔を上げると、じっと誠士がこちらを見ていた。光莉は「どうしたの」と尋ねた。

「あー……いや、まあ……その……」

歯切れの悪い誠士。光莉は首を傾げる。誠士は何度か息を吸ったり吐いたりしたあと、

「なあ光莉。話がある」

なにやら神妙な口調で、

「僕は君と一緒にいると楽しい。できれば、ずっと一緒にいたいと思う」

「え……なに急に」

光莉は眉をひそめた。誠士は大きく息を吸い、
震える声で、そう言った。

「だから——僕と結婚してくれないか」

光莉は目を丸くした。見ると、誠士は顔を真っ赤にしている。照れ臭そうに頬をかきながら、

「まだ、その。なんだ。ちゃんと申し込んでいなかったからな」

しばらく沈黙が続いた。やがて、光莉の口の端がひくりと動き、

「……ぷっ。ふっ、ははは！」

盛大に吹き出した。

「病室でプロポーズする男は聞いたことないなあ」

「悪かったな。相場が分からない」

顔を赤くして目を伏せる誠士。光莉はひとしきり笑い転げたあと、目の端の涙を拭いながら、

「ありがとう。──退院したら、一緒に住もう」

「……ああ」

誠士はどさりとベッドに背を預けた。

「うぉー……めっちゃ緊張したー……」

「別に緊張するほどのことじゃないでしょ。親に挨拶までしてるんだし、断るわけがない」

「それでも緊張するんだよ。男にも色々あるんだ」

そういえば、と誠士が思い出したように言う。

「婚約指輪も買いに行かないとな」

「いいよ。要らない」

「え、でも」

「もう、もらってるから」

光莉はそっと耳元に手を添えた。真新しいピアスはまだ着け慣れなくて、なんだかこそばゆかった。

そうか、と誠士がはにかむ。どうかこの笑顔を、また病院の外で見られますように。心の底から、そう願った。

願いは、叶わなかった。

「近々、人工呼吸器が必要になると思います」

担当医は病室で、そう言って目を伏せた。

部屋の中には誠士とその両親、および婚約者である光莉が集まっている。誠士の口には酸素マスクが添えられ、高流量の酸素が流れ込む音が絶え間なく聞こえている。この数週間ですっかりやつれた誠士は、息をするのもやっとの様子で話の続きを待っている。

光莉は血が出そうなほどに強く拳を握った。どうかこうはならないでくれと願ってやまなかった最悪の未来が、今、目の前に迫っていた。

担当医――いずれ波場都大学医学部長の椅子に座ることになる男だが、この時はまだ講師だった――が、苦々しい口調で続ける。

「多くの治療を行ってきましたが、残念ながら病気の勢いは抑えられていません。今はマスクをつけてなんとか酸素をまかなっていますが、徐々に数字が悪くなっています。このままでは命に関わる低酸素血症をきたすのは時間の問題です」

誠士の母親がしゃくり上げる。大粒の涙が頬を伝って床に落ちた。

「一時的に人工呼吸器を使い肺の機能を肩代わりしてもらいます。ただこれは念を押しておきたいのですが、人工呼吸器は対症療法であり根本的な治療ではありません。誠士さんの場合は、免疫抑制薬の効果が今後遅れて出てくることを期待して人工呼吸器の力を借りる、ということになります」

誠士が咳き込む。光莉は背中をさすった。

「免疫抑制薬の効果は間を空けて出てくることも多いので、今後肺炎が改善する可能性もあると思います。ただこれまで数々の薬を使い病気が抑えられなかったことを思うと、到底楽観視はできないと言わざるを得ません」

担当医はいったん言葉を切った。光莉たちに、何より誠士自身に、整理の時間を与えるようだった。

「もう一つ、治療の選択肢として。そもそも人工呼吸器を使わない、というものもあります」

苦い口調で担当医は言った。

「今後治療が効いてくる見込みは、率直に言ってあまり高くはない。もし肺炎が悪くなるばかりで人工呼吸器まで使ってもどうしようもなかった場合、人工呼吸器はかえって肺を痛めつけて苦しい思いをさせるだけです。人によっては、苦痛を取ることを優先し緩和医療に移行することもあります」

「それは……治療を諦めるということですか」

誠士の父親が、震える声で尋ねた。担当医は首を横に振った。

「緩和は決して治療の放棄ではありません。残された時間を大切にし、安らかに過ごすためのものです」

「でも、人工呼吸をしないと、誠士は助からないんですよね」

「少なくとも、今の病状では人工呼吸なしに生存を期待することは不可能と思います」

誠士の母親が泣き叫んだ。

「嫌です。人工呼吸器は使ってください。絶対に」

担当医は重々しく頷いた。そののち、誠士本人に目を向ける。

「誠士さんご自身はどうですか。人工呼吸器を使って欲しいですか」

誠士はすぐには返事をしなかった。痩せ細った手が、そっと光莉の手を握る。誠士はゆっくりと光莉の方へ向き直った。

「……君は……どう思う」

光莉は言葉に詰まった。

一緒にいたかった。まだこれから先、長い時間を共に歩みたかった。こんなところで、絶対に死んでほしくないと思った。

——自分が実は寂しがりやだっていうのを、知られたくないんだろう。

今になって、あの時の誠士の言葉が正しかったことを知る。一度誠士という温もりを知ってしまった今、孤独に戻ることを想像しただけで足が崩れそうになった。独りになりたくなかった。

「私は——人工呼吸器を使って欲しいです。最後まで、諦めたくない」

誠士は目を閉じた。長い時間考え込んだあと、誠士は口を開く。

「先生」

一語ずつ言葉を区切りながら、誠士は言った。

「人工呼吸器を……使ってください」

「分かりました」

担当医は頷いた。そののち光莉たちに向き直り、

「早速呼吸器内科や集中治療部と相談に入ります。人工呼吸が開始になったら鎮静をかけるため、基本的には会話はできません。詳しいことは、後ほど」

面会終了の合図を告げられる。光莉たちは病室を後にした。去り際、見たこともないほど不安そうな顔で光莉を見送る誠士の顔が、いつまでも目蓋の奥にこびりついていた。

すでに、漆原誠士という症例は院内の多くの医者が知るところとなっていた。婚約者がスタッフの研修医という点もさることながら、要約(サマリー)を見た瞬間に誰もが青ざめるほどに様々な臓器障害を合併する難症例となっていたのだ。

アレルギー・膠原病内科のみならず、集中治療部、呼吸器内科、皮膚科、循環器内科、消化器内科、脳神経内科、血液浄化部といった各部署が、漆原誠士を救うために知恵を絞っていた。もはや、波場都大学医学部附属病院中の医者が奔走する総力戦と化していた。

人工呼吸器による管理が開始されたあと、スタッフの努力を嘲笑(あざわら)うように病魔は容赦のない進展を見せた。電子カルテを見ながら光莉は、絶望のあまり頭を抱えて動け

なくなったこともあった。

『#全身性エリテマトーデス(SLE)
#間質性肺炎
#ループス腎炎Ⅳ型
#中枢神経ループス
#血栓性微小血管症
#サイトメガロウイルス腸炎
#劇症型心筋炎
#蘇生に成功した心停止』

増え続ける問題点(プロブレム・リスト)を見ながら、光莉はただ、祈ることしかできなかった。

誰もが救命は厳しい難症例と思ったが、ある時期から誠士の病状は上向き始めた。

少しずつ、牛歩の歩みではあったが、採血は改善の兆しを見せた。

ようやく、全身性エリテマトーデス(SLE)が治り始めたのだ。

だが、手遅れだった。全身の臓器を冒した全身性エリテマトーデス(SLE)は脳にまで病変が及んでいた。暴走する自己免疫は記憶や意識を司(つかさど)る大脳までも焼き尽くし、ようやく病気が落ち着いた頃、すでに漆原誠士の脳は致命的なダメージを受けていた。

「もう、意識は戻らないです」

深夜、病院の廊下で呆然として床を見つめる光莉に、担当医は深々と頭を下げた。

「眠っているわけではない。そもそも目が覚めるだけの機能が残っていないんです。ただ息をしているだけの状態です」

その宣告を聞いた時、自分の胸にぽっかりと穴が開くのが分かった。光莉は尋ねた。

「誠士は死んだ、ってことですか」

「……心臓は動いていますし、胃瘻から栄養は取れます。ただ、また会話をしたり意思表示をすることはできないと──」

「死んだってことでしょう、それは！」

廊下中に響き渡る大声が出た。静まり返った院内に、自分のヒステリックな声が何度も反響した。

「こんなことなら……人工呼吸器なんて使わなければ良かった」

吐き捨てる。激情のままに言葉を紡ぐ。

「苦しませて、痛い思いをさせただけだった。こんな、無理矢理生きさせられてるような状態、可哀想だ」

荒い息を吐く。嗚咽になり損ねたくぐもった音が、喉の奥から抑えきれずにこぼれ出る。担当医はもう一度深々と頭を下げたあと、そっとその場から去っていった。

漆原光莉は、独り、残された。

後日、誠士の父親が病院にやってきた。

人工呼吸器にいつまでも繋がれたままの息子は見るに忍びない、せめて楽にさせてやってくれ——涙ながらにそう訴えていた。

この状態では、いっそ人工呼吸器を外してしまった方が本人のためではないか、と考えたこともあった。人工呼吸器は機械の力で肺を膨らませ、酸素を送り込む装置である。改善の見込みがないのに人工呼吸を続けるのは、いたずらに苦痛を与えるだけだ。

だがそれもできなかった。父親は人工呼吸管理の中止を望む一方で、誠士の母親は、今もなお人工呼吸器による治療を強く希望しているらしい。生きてさえいれば、奇跡の復活が起きるかもしれない——。そう考えてしまう気持ちは、痛いほど分かる。それと同時に、そんなことは絶対にありえないという確信もまた、光莉の中にはある。

いずれにせよ、患者家族の中ですら意見の統一ができていないような状態では、人工呼吸管理を続行する以外はありえない。実情がどうであれ、漆原誠士は法律上はまだ生きている。この状態で人工呼吸器を止めれば、すなわち殺人なのだ。こうなった以上はもはや、現代医療は誠士に生を強いることしかできない。

光莉は誠士の両親に電話をかけた。派手に怒鳴り散らされた。

「お前と付き合ってから息子は体調がおかしくなった！　人工呼吸器だって、お前が薦めるから使ったのにこのザマだ！」

父親はそう叫び、一方的に電話を切った。もう一度掛け直したところ、すでに着信を拒否されていた。

以来、漆原誠士はずっと、波場都大学医学部附属病院の片隅に入院し続けている。その病室にはいつも漆原光莉が座っている。底知れない哀切を、その顔にたたえながら。

＊＊＊

漆原先生の話を聞き終わり、俺は何一つ言葉を発することができなかった。

漆原先生が備え付けのテーブルを撫でる。隅っこに名札シールが貼られているのが見えた。

『漆原誠士 様』

漆原先生はゆっくりと言葉を紡ぐ。

「今でも毎日考える。もっと早く病院に連れて行けば良かったんじゃないか。別の免疫抑制薬を試せば良かったんじゃないか、あるいは感染症の治療をもっと優先すれば良かったんじゃないか。人工呼吸器を使わなければ良かったんじゃないか……」

漆原先生は深く息を吐いた。

「私がもっと勉強していれば、せめて、少しは楽に死ねたんじゃないか」

漆原先生は目を伏せた。その拍子に、彼女の耳元で赤いピアスが揺れる。

思えば気にはなっていた。ファッションに無頓着な漆原先生が、なぜこのピアスだけは欠かさず身に着けているのか。ずっと引っ掛かっていた疑問の答えは、俺の想像を超えた悲劇だった。

部屋の隅に立てかけられた写真立てに、俺は目を向ける。部屋の主――漆原誠士が笑っている。その隣に立つ女性は、間違えようもない。今よりも若い漆原光莉が、照れ臭そうにふにゃりとしたピースを向けていた。

「さて」、と漆原先生は俺に向き直った。

「私がどうして君をここに連れてきたか、分かるかな」

俺は首を横に振った。この場所が漆原先生にとって特別だというのは嫌というほど理解できる。だが、なぜ俺に見せたのか。

「言ったでしょう。講義をしてあげる、ってね」

漆原先生は窓の桟に腰掛けた。

「漆原誠士という症例の正解がなんだったのかは、誰にも分からない。そもそも、医学っていうのはそういうものなんだよ。この検査をやっておけばオーケー、この薬を使えば間違いなし……そんな治療は存在しない。私たちは確率とリスクを計算して、期待値が高いものを選んでいくしかない」

漆原先生の声は穏やかだった。だがなぜか、俺は自分が崖っぷちに立って今にも落ちるかのような恐怖を感じていた。

「翻って、君はどうだったかな」

漆原先生の目が、俺を射抜く。

「随分と自信がありげだったじゃないか。全身性エリテマトーデス（SLE）の治療はステロイド、今すぐステロイドを開始すべき、か。君の方針通りに式崎京にステロイド治療が行われていたら、今頃どうなってたかな」

不必要な治療はむしろ有害なことがある。ステロイドは自己免疫疾患に対する切り札であると同時に、使い方を間違えれば毒になる。骨粗鬆症、糖尿病、免疫抑制……いくつもの副作用が生じたことだろう。

俺はあともう少しで、京にそれを強いるところだった。

「君、言ってたね。自己免疫疾患について、多少は理解したつもりだって」

漆原先生は鼻を鳴らし、

「何様だ？」

吐き捨てた。

「多少理解した程度で治療に口を出そうなんて傲慢もいいところだ。中途半端な知識で間違った治療をすることほど有害な医療はない」

反論できなかった。圧迫感で息が詰まる。目を伏せ、必死に呼吸を繰り返した。

「君も、自分の問題点を自覚できただろう」

思えば、漆原先生は「なぜ式崎京の治療を行わないのか」という俺の疑問に、一度としてはっきりとは答えてくれなかった。以前はあまりにそっけない態度に業を煮やしもしたが、今になって考えてみると、漆原先生はあえてそうしたのかもしれない。

俺が決定的な間違いを犯し、それを指摘する。そうしてこそ、俺は自分の過ちを心底から実感できる。

俺は背筋が冷たくなった。もし、そうだとしたら。俺は徹頭徹尾、漆原先生の掌の上だったことになる。目の前の女性が、途方もない怪物に見えた。

「そういえば、まだ答えを聞いてないな」

思い出したように漆原先生が尋ねる。

「もう一度聞こうか。戸島、医者に一番必要なものはなんだと思う」

これまで何度も訊かれた質問。最初は上っ面の答えを、そして次は返事に詰まった問い。

その答えが今、不思議と口をついて出た。

「……医者に一番必要なもの、は」

俺は唾を飲んだ。

「自分は患者を殺しうる――殺せてしまう、という自覚だと、思います」

そうだ。自分の責任に対する認知。他者の生命を左右してしまう立場にあることを、骨の髄から実感していること。

もう少しで俺は京に取り返しのつかないことをするところだった。己の過ちと傲慢を、腹の底から痛感させる。それが、漆原先生の講義だった。

漆原先生は目を細めた。

「──フン」

鼻を鳴らし、面白くもなさそうに吐き捨てる。

「少しは医者らしくなったじゃないか」

第五章　血嫌い医学生・戸島光一郎と見果てぬ夢

京が退院して一ヶ月が過ぎた。また元気に小児科の医局に通っているようだ。色々あったが、無事で本当に良かったと思う。

漆原先生の外来は相変わらず忙しいらしい。「らしい」というのは、俺自身は最近、彼女の診察室に顔を出していないのだ。

——医者に必要なのは、患者を殺しうるという自覚だと思います。

あの日以来、俺は漆原先生の元へ顔を出せていなかった。また軽蔑と嫌悪の入り混じった視線を向けられたらと思うと、どうしても足が向かなかった。

ああ、それからもう一つ理由がある。

俺の血液恐怖症が、輪をかけて酷くなっていたのだ。

広い大講堂で俺たち学生は授業を受けている。今回は外科学の授業で、白衣を着た強面の先生が噴門側胃切除術の機微について語っている。

「……外科手術の要諦は病変切除のみならず術後のＱＯＬにまで想いを巡らせることにある。特に噴切は食事摂取に関わるので、術者の技量が患者予後に与える影響が大きく……」

講義は淡々と進んでいく。ノートにペンを走らせるが、俺の意識は散漫だった。

（傲慢だったのか。俺が）

俺は京を助けたくて必死だった。そこに嘘偽りはない。だがそもそも、俺の中に「今の俺ならそこいらの医者と同じくらい治療方針のことを理解できる」という自負があったことは否めない。その結果がこの有様となれば、漆原先生が喝破した通り図々しい勘違いとしか言いようがない。

この一ヶ月、ずっと悩み続けている。その結果、漆原先生の外来にも顔を出せていない。悪いとは思うが、どうしても足が動かなかった。

ぼんやりと教壇を眺めていると、

「では、実際の手術の動画を見てもらう。特にビルロート１法とルーワイ法の吻合部の違いに注意して見るように」

突然、手術の動画がスクリーンに映し出された。画面いっぱいに広がる切り刻まれた臓器の数々。無論、血まみれだ。

(あ、あ、あああ)

悪寒が脊髄を駆け抜ける。生理的な嫌悪と恐怖で体が言うことを聞かない。

(まずい、吐きそう、吐く、吐く吐く吐く)

せめて人に迷惑をかけない場所で。必死に講堂から駆け出そうとしたが、立ち上がった瞬間に足がもつれて転んだ。

周囲がざわついている。無数の瞳が俺を覗き込む。心配と好奇、そして、――またお前かよ。

いい加減にしてくれとばかりの、うんざりした視線が、俺へ深々と突き刺さる。

怖い。怖い。怖い。助けてくれ。俺は。俺は、ただ。

胸を張って、生きていきたいだけなのに。

意識が遠くなる。墨で塗り潰したように視界が暗転する。最後に、誰かの声が聞こえた気がした。

――お前、なんで医学部にいるんだよ。

大学の空き教室でしばらく休んだあと、俺はその足でとぼとぼと寮の自室へ戻った。

吐き戻した吐瀉物がいつまでも口の中に残って酸っぱい味を残していて、不快極まった。

部屋の片隅にくたびれた座布団のようにしゃがみ込む。自己嫌悪が渦を巻いて頭の中をかき乱す。京の一件以来、俺の血嫌いには拍車がかかっていた。ああやって映像を見るだけで失神することもあり、日常生活に支障が出始めている。何より、この状態では医学部のカリキュラムをこなすことなんてとてもできない。今はまだ座学中心だからいいものの、今後病棟実習で毎日患者と顔を合わせるようになったら、いやでも採血や手術を頻繁に目にするようになる。どんな顔をしてベッドサイドに行けばいいのか。

塞ぎ込んでいると、ふと廊下で誰かが話しているのが聞こえた。この寮は壁が薄い、耳を澄ますと外での会話が聞こえてくるのだ。

「また戸島が倒れたのか」

「そうなんだよ。参ったね」

どきりとした。聞き覚えのある声だ。俺の同級生二人。どちらも顔馴染みである。

彼らは続けた。

「何度目だよ。いい加減にしてほしいな」

「あいつ、親のクリニックを継がなきゃとか奨学金借りてるとか、そういう事情があるわけじゃないんだろ？ 諦めて別の道に行った方が良さそうなもんだけどな」

悪気はないのだろう。多少の揶揄するような色はあるものの、彼らの言葉に強い毒はない。だからこそ、俺の胸には針のように突き刺さっていく。

息が上がる。嫌な汗が手の平ににじんだ。

「血が怖くて医者にはなれないだろ。誰が見たって明らかだと思うけどな」

「今更止められないんだろうな。コンコルド効果ってやつだ」

ひとしきり笑い声が上がったのち、足音は遠ざかっていった。

俺は胸元で手をぎゅっと握りしめた。小声で何度も自分に言い聞かせる。

「大丈夫だ、大丈夫だ、大丈夫だ……」

血が苦手な時点で医者は向いていない。いつかきっとこの苦手意識を克服できる。そう信じている。承知の上でここまで進んできた。そんなことは分かっている。

でも、もし。このまま血嫌いを克服できないまま、医者になれなかったら？ 叶いもしない夢に食い潰されて、自分の人生を棒に振るだけではないのか？ 手が震える。凍えたように体が動かなくなる。訳も分からず叫びそうになる。人には向き、不向きがある。当たり前の話だ。

俺は致命的に医者に向いていないのではないか。俺はただ、果てしのない徒労をこの十年間積み重ねただけではないのか。砂の城を必死に作っていたに過ぎないのではないか。

俺の部屋には本棚がいくつか並んでいる。医学書が並ぶ中、一つだけ場違いなパステルカラーの色彩が目に入る。かつて母の病室で読んだ、新米医者の物語だ。子供だましのストーリーで最近はページを開くこともなくなったが、なんだか捨てられずに持ってきたのだ。

ふらつく足取りで本棚に歩み寄り、文庫本を取り出した。色褪せた表紙には、白衣を着た気弱そうな青年が描かれている。俺は反射的に文庫本をゴミ箱に捨てようとして、

「ッ……」

どうしても、本を捨てることができない。手が動かない。

この期に及んで、夢にしがみついている自分の醜悪さを自覚する。なおさら自己嫌悪が募る。俺は乱暴に本を投げ出し、その場にうずくまった。

「――母さん」

つぶやいた声に、もちろん返事はない。肌を焼くような孤独が辺りを支配している。

だが、

「……電話か」

スマホから電子音が響く。億劫な気持ちで画面を確認する。見覚えのない番号だった。俺は首を傾げて通話ボタンを押す。

「もしもし」

『戸島？』

不機嫌そうな声音の女だった。聞き覚えがある。俺はしばし頭をひねり、声の主に思い当たる。

「……漆原先生」

『診察室に顔も出さないで、何してんの』

答えられなかった。漆原先生は苛立ったように言う。

『君が掃除しないせいで使わない書類やらカップラーメンの容器やらが片付かないんだ。看護師の内田がキレてる』

それは俺のせいではないだろう、と思った。

『どうせ、この間の式崎京の一件を気にしてるんでしょう。君』

図星である。

『あのさ。君は——』

漆原先生が何事か言いたそうに言葉を継いだが、俺はかぶせるように言った。

「すみません。今は先生の外来には行けません。……そっとしておいてくれませんか」

そう言って、通話を切った。機械的な電子音ののち、静寂が戻る。俺はスマホを放り出し、再び部屋の隅に座り込んだ。だが、

「光一郎？」

部屋の扉を開けて、京が顔を覗かせていた。俺はのそりと顔を上げ、

「どうした。何か用か」

「どうしてるのか気になって」

「彼女かお前は」

「死ね」

京は床に放り出された文庫本や締め切ったカーテン、そして部屋の隅にうずくまる俺を順番に見たあと、

「今の電話、漆原先生？」

「聞いてたのか」

　京は俺を見下ろした。

「漆原先生のところ、行かないの」

「……行けない」

「なんで」

　俺は答えず、ぐっとズボンの裾をつかんだ。京がほうとため息をつく。

「私が入院してる時、色々あったみたいだね」

「誰から聞いた」

「遠藤」

「あの野郎、本当に口が軽いな」

「許したげなよ。遠藤も心配してたんだから」

　俺はうつむいた。京が続ける。

「別に気にすることないんじゃないの。漆原先生にもう来るなって言われたわけじゃないんでしょ」

「違う」

　俺は絞り出すように言った。

「俺は、お前に間違った治療方針を押し付けようとした。自分の力を過信した。傲慢だった」

俺が漆原先生の診察室に行けないのは、気まずいからでも恥ずかしいからでもない。

今の俺なら治療方針だって立てられる、現役の医者の間違いだって指摘できる——そんな風に頭の片隅で考えていたことは、否定できない事実だ。その思い上がりが、自分自身で許せない。

しばし、沈黙。京は肩をすくめたあと、

「ま、好きに悩めばいいと思うけど」

手に持った紙袋をひょいと俺の机に置いた。俺は眉をひそめる。

「……それは？」

「とらやの羊羹。あんた、これ好きでしょ」

俺は訝しんだ。確かに好物だが、なぜ京がわざわざ持ってくるのか。俺の疑問を感じ取ってか、京が口を開く。

「入院してる時、世話になったから。お礼」

俺は思わず失笑した。

「俺は治療方針を引っ掻き回しただけで、別に何も——」

「全身性エリテマトーデスの疑いって言われた時、私、怖くて泣いてた」

京がぽつりと言った。

「教科書では知ってたけど、自分がその病気に罹るとなると全然話は別。これから先の人生どうしようとか、もう仕事は諦めた方がいいのかとか、結婚も難しいかもしれないとか、色々考えた」

俺は京の手が小刻みに震えているのに気づいた。

「不安だったよ」

「それは……そうだろうな」

風邪を引いて体調が悪くなるだけでも人間心細くなるものだ。ましてや難病の代表選手とも言うべき全身性エリテマトーデス(SLE)の疑いと言われ、恐れるなという方が無理な相談だ。

「だから……その……」

京が口ごもる。京の細い指が、羊羹の箱を何度かなぞる。

「嬉しかった」

「は？」

「だから！　……光一郎が何度もお見舞いに来て、一緒に病気のことを考えてくれて、嬉しかったの。あんたは別に、余計なことなんてしてない」

京は顔を赤くして言った。

「ありがとう、光一郎」

俺は目をぱちくりさせた。俺はおずおずと言った。

「それを言いに来たのか」

「悪い？」

なぜかキレ気味に京は俺をにらんだ。「とにかく」と羊羹の箱をたたき、

「これ、お礼。食べて。食べろ。それじゃ」

京はのしのしと部屋を出て行った。バタンと扉が閉まる。

長い間、俺は部屋の中で座り込んだままだった。ようやく腰を上げたあと、俺は羊羹の箱を開いた。中には色とりどりの羊羹が小分けにして包まれている。包装紙を剝がしながら、俺はちらりと時計を確認した。まだ、病院が閉まるまで時間は残っていそうだった。

夕方の病院は静かだった。夕焼けが病院の廊下を茜色に染めている。処方箋を大事そうに手にした患者や、手術終わりでくたびれた顔をした医者の姿を横目に、俺は院内の廊下を歩く。たった一ヶ月来ていなかっただけなのに、随分と久しぶりのよう

な気持ちがした。

漆原先生の診察室は、外来診療棟の一角に位置する。昼間は患者や医療スタッフでごった返しているが、この時間となるとさすがに人気は少ない。

診察室の扉を前にして、俺は立ち尽くした。靴の先に付いた泥を見ながら、俺は自問自答を繰り返す。

（……何してるんだ、俺……）

部屋の扉をノックする勇気は出ず、かといって今更家に引き返す気もせず、俺は石像のように動けなかった。だが、

「いつまでそこにいるの。早く入ってきなよ」

診察室の中から、呼びかける声が聞こえる。漆原先生の声だった。

心臓が脈打つ。唾を飲む。俺は何度か深呼吸を繰り返し、そっと半開きの戸を引き開けた。

「久しぶり」

診察室の入り口に所在なさげに立つ俺を見て、漆原先生は目をすがめた。

ちょうど外来が終わったところらしい。医学書や論文が散乱した診察室は雑然としてどこに何があるのかも分からず、よくもここまで散らかせるものだといっそ感嘆の

念を抱く。

「私に無断で仕事サボるとはね。いい度胸してるよ、君は」

俺はごくりと唾を飲んだ。

「すみません。……どうしても、来られなくて」

「あれだけのことをやらかしたんだし、気まずいのは分かるけどね」

棘のある口調。俺は反論できず、黙って下を向いた。

「まずはこの部屋の片付けをして。そのあとコーヒー買ってきて。ブラックで」

なんでもない口振りだった。俺はその場に立ち尽くす。

「何してんの。棒立ちしろなんて言った記憶はないよ」

漆原先生は鼻を鳴らした。

「君は私のパシリ……もとい助手だ。これからも色々コキ使うつもりなんだから、勝手にいなくならないで」

ほら早く行け、とシッシッと手を振る漆原先生。

拳を強く握りしめる。口を閉じては開くことを繰り返す。言葉になり損ねた曖昧な吐息が漏れる。

自分はこの場にふさわしくない、場違いな存在なのではないか。そんな考えが、どうしても頭から離れない。

「……先生。俺は……医者になれるんでしょうか」

「は？」

「今になって、先生が言っていたことが分かりました。血が怖い、というだけじゃない。俺は不勉強で、傲慢で、愚かです。俺は、医者に向いてない」

一度口に出すと止まらなかった。俺は言葉を重ねる。

「怖いんです。このまま叶いもしない夢を追っても、いつかきっと挫折する。その時、俺の周りには何も残らない」

漆原先生は目を細め、ボリボリと頭をかいた。

「随分としおらしくなったもんだね」

漆原先生はぼさりと椅子に腰掛け直した。ぎしりと椅子が軋む。

「先に言っとくけど、私は君を慰めない。君がわざわざ自分で苦労するのも、挫折して部屋の中でいじけるのも、君の勝手だ」

漆原先生は言葉を続けた。

「君は医者に向いてないよ」

分かっていた。何度も言われたことだ。だが、改めて漆原先生にそう言われると、鼻の奥がつんと痛くなった。

「ねえ、戸島」

「……はい」

「医者にとって大切なのは、自分の力と責任を自覚することだ。なら、アレルギー・膠原病内科医に大事なのはなんだと思う」

　突然の話題だった。俺は答えられず、黙って考え込む。「それはね」と漆原先生が続けた。

「患者から逃げないことだ」

「逃げない、こと？」

「自己免疫疾患は治らない。一度発症したらずっと外来に通い続けるんだ。私たちがちゃんと治療をすれば、完治はしないまでも寛解には持ち込める。逆に見当外れな治療をして病気を抑えられなかったら、患者の人生を破壊してしまう」

　俺の脳裏に、先日見た光景が蘇る。人工呼吸器と横たわった男性。漆原誠士の姿だ。膠原病によって命と人生を破壊されてしまった人。

「膠原病内科は、患者の人生を背負う科なんだよ」

　だから、と漆原先生は続けた。

「私たちは逃げてはいけない。たとえどんなに治療が効かなくて、患者から恨みがましい目を向けられて、採血やレントゲンが検査のたびに悪くなっていって、目の前で患者とその家族が泣き崩れていても、見放してはいけない」

漆原先生が顔を上げる。俺の顔を見る。

「君は村山大作からも、式崎京からも逃げなかった」

心臓が跳ねる。

「君は医者には向いてない。だがもし、医師免許を取れたのなら──」

漆原先生は少し間を空けて、ゆっくりと言った。

「君はきっと、膠原病内科医になれる」

その言葉が、いつまでも耳の奥で反響した。

俺が医者を志してからもう十年以上が経つ。順調な道ではなかった。血が怖いという体質のせいで、随分と余計な苦労まで背負い込んだように思う。血を見て倒れるたびに、俺は何度も進路を考え直すように諭された。ある人は心から心配して、またある者は揶揄して。その一つ一つが、今も胸の奥に細い針のように突き刺さっている。

また倒れたのか。いい加減にしろよ。血が怖い医者って何？　向いてないって。勘弁してくれよ。邪魔。お前の後始末誰がしてると思ってるの？　あんたが医学部に入ると、本当に医者になりたい子の枠が一つ減るのよ。勉強できるからって調子乗るな。お前には治療されたくないわ。まだ医学部目指してるの？　医学部で勉強するのにいくらかかると思ってんだよ。なんでわざわざ苦労を背負い込むかね。大人しく諦めとけって。お前カエルの解剖でも失神するんだって？　人間なんて絶対無理でしょ。うわきったね、こいつまた吐いたよ。血液恐怖症の戸島くん。君は進路を考え直した方がいい。将来どうする気なの？　情けないな。いつまで母親のこと引きずってんだよ。私たちは光一郎ちゃんのためを思って言ってるのよ。天国のお母さんも、光一郎ちゃんを苦しめたいわけじゃないでしょうに……。なんだ、あいつまだ医学部目指してるのか。光一郎は勉強はできるんだから弁護士なんかはどうだ、とにかく医者はやめとけ。いつまで訳の分からないことを言ってるんだ。人間には向き、不向きってもんがあるだろうよ。意地を張るな。お前がワガママばっかり言ってると迷惑なんだよ。医者なんていい仕事じゃないぞ。なれる訳ないだろ、お前なんかが。うわ、戸島と実習班一緒かー……。自分でも無理だって分かってんだろ？　勉強できても、自分を客観的に見ることはできないんだな。なれもしない医者にこだわってどうすんだよ。意地張り過ぎて引き返せなくなってるだけだよ、お前。いつまで夢ばっかり見てるんだ、そろそろ現実も見ろよ。意地悪したいんじゃないの。あなたに幸せになって欲しいから言ってるの。血が嫌いじゃなければ、いい医者になれたかもしれないけどなあ。もう医者は諦めたらどうだ。いい年こいて血が怖いなんて、情けない。

君は医者に向いてないよ。

何度も何度も否定されてきた。医者にはなれないと言われてきた。がむしゃらに走っている振りをしていたが、その実、怖くて堪らなかった。いつかこの夢に呪われるのではないかと不安で仕方なかった。

でも、

――糧にしろよ。センセイ。

――ありがとう、光一郎。

――君はきっと、膠原病内科医になれる。

「あれ？」

俺は素っ頓狂な声を上げた。自分の頬を温かい水が流れ落ちていることに気づいて、慌てて拭う。でも、何度拭いても涙は次から次へとあふれてきた。

「なんだこれ、え、すみません」

涙が止まらない。目の前が曇って見えない。漆原先生の声が聞こえる。

「……ったく、しょうがないな。ちょっと待ってて」

席を立つ音。漆原先生は靴をぺかぺかと鳴らして、

「コーヒー買ってきてあげる」

歩き去って行った。診察室に残された俺は、長い間、ずっと泣きじゃくっていた。

採血は医者のみならず医療従事者の多くにとって基本中の基本とも言うべき手技だが、俺にとっては鬼門だ。採血実習当日を迎えた朝、俺は緊張のあまり朝食が喉を通らなかった。

実習が行われる部屋には多くの医学生、そして指導教官が詰めかけている。実習の内容は学生同士がお互いに採血し合うというもので、指導教官が模型を使ったデモンストレーションを行ったのち、

「それでは、実際に採血してみましょう」

と声をかけた。

緊張で体がこわばる。少しずつ列が進み、ついに俺の順番が回ってくる。

「じゃ、次。戸島くん、やってみようか」

指導教官が俺に目を向ける。俺はゆっくりと前に出て、採血台の前に腰掛けた。

「誰か、採血の相手してあげて」

教官が周囲を見回す。だが同期たちはお互いに顔を見合わせ、そっと目を逸らした。気まずい空気が流れる。

さもありなんと思う。さんざん実習や授業で吐いたり失神したりして、俺の血液恐怖症は周知の事実となっている。そんな俺に採血されるなんて冗談じゃない。そう考える気持ちは、分かる。

「おいおい、これじゃ実習進まないよ」

呆れた風な教官。「お前友達いないのか？」みたいな教官たちの視線が集中し、大変に居た堪れない。だが、

「私、やります」

京だった。マジかこいつ、と驚愕の視線を京に向ける同級生たち。京は澄ました顔でスタスタと俺の反対側の席へと座り、すっと腕を差し出した。

「一発で取って」

短い言葉。だが俺には十分な激励だ。

「ああ」

俺は唾を飲み、針を構えた。震えそうになる手を押しとどめ、にやりと笑ってみせる。

——君はきっと、膠原病内科医になれる。

頭の奥で、漆原先生の声が聞こえた気がした。

薄く浮いた血管に狙いを定める。血管の中を流れる赤い血流をイメージする。未来へと走り出すように、俺は針を前へ押し込んだ。

あとがき

先日、祖父が亡くなりました。

子供の頃から随分と遊んでもらって、世話になった祖父です。

「医者になって、治らない病気の治し方を見つけたい」「小説家になって、僕の物語を世界中の人に読んでもらいたい」。僕がそんなことを言い出したのはもう十年以上前で、まだ中学生の頃です。僕はそこまで学校の成績が良かったわけでもないし、小説の新人賞も当時は一次選考すら一切通らなかったので、周りの目は結構冷ややかだったことを、今でも苦々しく覚えています。

ただ、祖父はいつも僕の夢の話を楽しそうに聞いてくれました。僕が医学部に受かった時や小説を本屋に並べた時も、随分と喜んでくれたようです。

亡くなる直前の数週間、祖父の家に泊まって看病をしました。人間具合が悪くなると意識が朦朧として会話が難しいことも多いですが、幸い祖父とは言葉を交わすことができました。

十年以上前からずっと変わらない、僕のアホな夢を、祖父は熱心に聞いてくれました。

「君はきっと偉くなるよ。おじいちゃんは楽しみだ」

そう言って、祖父は穏やかに笑っていました。

何気ない一言ですが、僕はきっと、あの言葉を一生覚えていると思います。

担当編集の阿南さん、小原さんには、いつもながら今回も大変にお世話になりました。

また、今回イラストを担当いただいたBALANCE先生、ありがとうございます。「あ、これは漆原先生だ」となるピッタリなイラストでした。発売日が楽しみで夜も寝られない日々を送っています。

本作の下読みに付き合ってくれた大久保先生、小嶋先生、槙先生、結城先生、ありがとうございました。今度午鳥が美味い酒を奢ります。

そして祖父に、全霊の感謝を。

午鳥は引き続き力の限り小説を書き続ける所存ですので、どうか今後ともよろしくお願いします。また会いましょう。

２０２３年　雨水　午鳥志季

＜初出＞

本書は書き下ろしです。

この物語はフィクションです。実在の人物・団体等とは一切関係ありません。

メディアワークス文庫

君は医者になれない

膠原病内科医・漆原光莉と血嫌い医学生

午鳥志季

2023年4月25日 初版発行

発行者　山下直久
発行　株式会社KADOKAWA
〒102-8177　東京都千代田区富士見2-13-3
0570-002-301（ナビダイヤル）
装丁者　渡辺宏一（有限会社ニイナナニイゴオ）
印刷　株式会社暁印刷
製本　株式会社暁印刷

●お問い合わせ
https://www.kadokawa.co.jp/（「お問い合わせ」へお進みください）
※内容によっては、お答えできない場合があります。
※サポートは日本国内のみとさせていただきます。
※Japanese text only

※定価はカバーに表示してあります。

Printed in Japan
ISBN978-4-04-914943-2 C0193

メディアワークス文庫　https://mwbunko.com/

本書に対するご意見、ご感想をお寄せください。

あて先
〒102-8177　東京都千代田区富士見2-13-3
メディアワークス文庫編集部
「午鳥志季先生」係